陛下、心の声がだだ漏れです！ 2

シロヒ

ビーズログ文庫

イラスト／雲屋ゆきお

もくじ

人物紹介
ヴァン・
アルトランゼ
騎士団に所属する
ガイゼルの
側近兼護衛。
ツィツィー・ヴェルシア
南の小国出身の末姫。
無自覚に他人の心の声が
聴こえてしまう。
ガイゼル・ヴェルシア
ヴェルシアの皇帝。冷酷と
恐れられるがツィツィーに向ける
心の声はだだ甘♡

ランディ・ゲーテ
王佐補の一人。
ガイゼルをこき使う。
リジー
ツィツィーの
頼れる侍女。
エレナ
ルカの妹。
何か秘密を抱いて
いるようで……!?
ルカ
デザイン工房を持つ
シュナイダー家当主。
結婚式のウエディング
ドレスを担当する。
グレン
現フォスター公爵。
元軍人でガイゼルとは
浅からぬ因縁がある模様。

ヴェルシアの春は短い。

一年を通して温暖な気候のラシーとは異なり、暦の半分は雪と氷に閉ざされている。儀典長の進言は、各地から招く来賓の足や宿を考慮してのものだった。

「半年後に結婚式……ですか？」

「はい。それを過ぎると、雪で移動すら難しくなりますので」

要人の往来に際し、国の公式行事を執り仕切っているという儀典長は恭しくうなずいた。立派な白い眉毛が瞼を覆っており、表情こそよく見えないが、声色から穏やかな人柄であると分かる。

「とりあえず会場はこちらで、招待する人数はざっと九百名ほどで……」

「そ、そんなにですか!?」

「当然です。なにせ陛下と妃殿下の記念すべき華燭の典なのですから」

「でも私、あまり大げさには……」

困惑するツィツィーは恐る恐るガイゼルの方を見る。だがガイゼルは『氷の皇帝』の呼び名を体現するかのように、無表情のまま淡々と手元の資料に目を通していた。

傍から見れば、あまり関心がないのだろうと思わせる冷めた態度——だがツィツィーには先ほどからずっと、期待と喜びに胸を躍らせるガイゼルの心の声が延々と聞こえている。

『ついに挙式か……これでいよいよツィツィーが俺の妻だと大々的に公言できるんだな……。その上、ツィツィーのウエディングドレス姿が見られるわけで……あの可憐な銀の髪に純白の衣装……だめだ、想像するだけで尊くてめまいがしてきたぞ。俺は当日無事隣に立っていられるのか？（正直自信はない）しかしこの世でいちばん美しいツィツィーを、世界中の奴らにこれでもかとばかりに見せびらかしたい（……いやしかし俺以外の男の目に触れさせるのは……来賓を会場に入れないわけにはいかないだろうか……）』

（へ、陛下……もうそれくらいにしてください……）

心の声が多重になるほどだだ漏れなガイゼルの様子に、あまり派手にしないでほしいという願いはどうやら叶わなそうだ、とツィツィーは一人瞑目した。

これはよくある政略結婚——ただし『誰からも本心を理解されない孤独な王様』と『意図せず心を読むことが出来るお姫様』が出会った奇跡のような物語である。

南の小国・ラシー出身のツィツィーと北の大国・ヴェルシアの皇帝ガイゼルは、この一年足らずの間で非常に濃い新婚生活を送っていた。

結婚相手にふさわしくないとツィツィーが母国へ帰り、ガイゼルが単身で迎えにきたこともあったし、その誤解が解けてヴェルシアに戻ろうとすれば、王佐・ルクセンの奸計により皇帝の座を追われ、極寒の隣国イシリスで村人に紛れて暮らしていたこともあった。

その後ライバル国イエンツィエからの侵攻。帝都の奪還を経て、ようやく今に至る。

挙式が半年以上も延びた理由が、ヴェルシアの内紛によるごたごただと承知しているのか、謝罪とも否定とも取れない様子で、儀典長はやや語尾を濁らせた。

「元々は春に行う予定でしたが、ええ、その、まあ」

もちろんツィツィーがラシーから輿入れした時点で、婚姻は成立している。

そこから諸侯らへのお披露目式、結婚式という運びになるはずだったのだが……前述の騒動が勃発した結果、後者だけがいまだ行われていないのだ。

ツィツィーとて、ガイゼルとの挙式が嬉しくないわけではない。だが今のガイゼルは新体制の発足に当たり、人事の刷新などで慌ただしい日々を送っている。ひどい時は本邸に帰る暇もないほどだ。

そんな中、さらなる仕事を増やすことにツィツィーは不安を覚えてしまう。

「陛下は大丈夫なのですか？　無理に急がなくても……」

「お前に心配されるほど、やわな体ではない」

ふ、と目を細めるガイゼルの様子に、ツィツィーは続く言葉を呑み込んだ。

以前と同じからかうような口調ではあるが、どことなく優しさが含まれている気がして、胸の奥が温かくなる。だが少し遅れて聞こえてきた本音に、ツィツィーはこっそりと顔を伏せた。

『ただでさえ半年も遅くなっているのに、これ以上延期してたまるか！　書面だけでは不安すぎる。早く対外的にも俺の妻だと認めさせたい。それに……ないと思うが、万が一、また何かいらぬ誤解でツィツィーが身を引きでもしたらどうする……』

（……気のせいでしょうか、最近また陛下の心の声がよく聞こえる気がします……）

いまだ残る先代派との確執や、施政方針の立案が上手くいかずに奔走しているという噂も耳にする。そうした口には出せない苛立ちが、ガイゼルの心の声を無自覚に大きく響かせているのだろう。

ガイゼルが良いと言うのではあれば、とツィツィーは改めて儀典長に尋ねた。

「具体的に、私は何をしたらよいのでしょうか？」

「挙式に必要なものの準備にご意見を頂戴できればと。特に重要なのは、ドレスとティアラですな」

「ドレスとティアラ……」

「はい。ドレスは言わずもがな婚礼用。ティアラは儀式の際、陛下から妃殿下へお授けする祝福の象徴です」

渡された資料に目を通すと、式についての詳細がつらつらと記されていた。

やはりヴェルシア皇帝の結婚式ともなれば、こなすべき行程は多いらしく、事前の準備から終了後の宴の時間まで、恐ろしいほど綿密に予定が組まれている。思わず目を回しそうになったツィツィーだが、その後も必死になって儀典長の説明に耳を傾けた。

やがて儀典長が「続きはまたその時々に」と恭しく頭を下げて退室し、ガイゼルと二人だけになったところで、ツィツィーはようやくはあと息を吐き出す。

「な、なんだか実感が湧きませんね……結婚式だなんて」

「お前には何かと苦労をかけたからな」

ほんの一カ月前まで、イシリスの山小屋前で雪かきをしていたツィツィーには考えられないほどの激変ぶりだ。だが中止されていた式を挙げられるのは素直に楽しみである。

「でも嬉しいです。おかげでこうして陛下とお話しする時間もいただけますし」

「そうだな。……最近、変わりはないか？」

「はい。皆さん、とてもよくしてくださるので」

　ガイゼルが廃された時、この本邸の使用人も一度全員解雇された。

　だがガイゼルが凱旋を果たしてから再度呼び戻すことができ、ツィツィーもほっと胸を撫で下ろしたものだ。二人を追っ手から逃がしてくれた侍女のリジーも帰ってきて、以前より張り切ってツィツィーの世話を焼いてくれている。

「ならばいい。――それより、だ」

　ガイゼルはツィツィーの手を掴むと軽く指を開かせた。そのままぐいと引き寄せたかと思うと、手のひらに柔らかく口づけてくる。突然ガイゼルの熱い呼気を浴びたツィツィーは、思わずびくりと肩を震わせた。

　その姿を見て、ガイゼルはにやりと口角を上げる。

「二人きりの時は、ガイゼルと呼べと言っただろう」

「す、すみません、ガイゼル様……」

　ガイゼルのまとう空気が変わったのを察し、ツィツィーの頬が熱くなる。さらに抱き寄せられたかと思うと、ガイゼルの指先が優しく顎に添えられた。

「ずっと、会いたかった」

「わ、私も、で……」

続く言葉を呑み込むように、ガイゼルはツィツィーの唇を塞いだ。ガイゼルの胸に両手を置きながら、ツィツィーは必死になって口づけに応じる。

やがてはあ、と惜しむような息を零しながら、ガイゼルは顔を離した。

「本当はもっと本邸に帰りたいんだが……」

「今が大切な時期なのは分かっています。私のことはどうぞお気になさらないでください」

「……」

ツィツィーとしては満点の答えを返したつもりだったのだが、どことなくガイゼルの表情が陰った気がして、あれと首を傾げた。すると普段より控えめな音量で、複雑な心情が吐露される。

『俺の仕事を理解してくれているのは嬉しいが、寂しいと感じているのは俺だけか……。時には「会いたい」とか「帰ってきて」とわがままを言われてみたいものだが……。まあこれもツィツィーの優しさなのだから、そんな贅沢を言うわけにはいくまい……』

(そ、それは、……出来ることなら、私だって……)

今のガイゼルが多忙を極めており、帰って寝るのもままならないことは承知している。

だからこそ貴重な余暇には休んでもらうのが皇妃の務めだと、ツィツィーも寂しさを我慢してきたのだ。しかし当のガイゼルも思いは同じだと分かり、押し殺していた感情にじ

わりと灯が点る。

（でも、さっき言ったばかりのことを、今更訂正なんて出来ないし……）

やがてガイゼルの手が、するりとツィツィーの顎から離れた。待って、とツィツィーは反射的に彼の手を握る。突然のことに目を丸くするガイゼルを前に、ツィツィーは顔を赤らめながら口を開いた。

「ガ、ガイゼル様！」

「な、なんだ」

「目……目を閉じてください！」

「あ、ああ……」

何度か目をしばたたかせていたガイゼルだったが、ツィツィーの切羽詰まった様子に、おとなしく指示に従った。長い睫毛が伏せられ、深い青紫色の瞳が隠される。

ツィツィーは大きく息を吐き出すと、よしと気合を入れた。

（ゆ、勇気を出すのよ……）

そろそろと体を前に倒す。ガイゼルの整った相貌が近づき、ツィツィーは今すぐ逃げ出したい衝動に駆られた。だが自分の気持ちをガイゼルに伝えるにはこれしかないと、恥ずかしさを堪えて懸命に顔を寄せる。

ガイゼルの薄い唇に狙いを定めると、体重をかけないよう注意しながらそうっと彼の顎に両手を伸ばした。ガイゼルの睫毛がわずかに揺れたが、目を開く様子はない。

（か、顔を傾けて、それから……）

どくどくという心臓の音がうるさい。男性とは思えない肌の滑らかさに驚きながら、ツィツィーは覚悟を決めたように顔を近づける――が、恥ずかしさが限界に達してしまい、そのまま顔を隠すようにガイゼルの胸元に額を押しつけた。

「……ツィツィー？」

「や、やっぱり、あの……出来るだけ、早く帰ってきてください……」

言ったあとで、ツィツィーは耳まで赤く染めた。

どうしよう。ついさっき「大丈夫です」と虚勢を張ったくせに、ガイゼルに触れた途端、つい気持ちが口から溢れ出てしまった。

あまりのいたたまれなさに小動物のように縮こまるツィツィーに対し、ガイゼルはぽつりと言葉を落とす。

「――ツィツィー」

「……はい？」

「このまま俺の部屋に行くぞ」

「え!?　で、ですが、お仕事は……」

「当座の分は片づけた。急ぎの用でも来ない限り、時間はある」

『一体どれだけ俺を翻弄させたら気がすむんだこいつは⁉　これで無自覚なのか？　素でしているとしたら、よく今まで他の男が落ちなかったものだ……。ラシーの王族たちは気に入らんが、その点だけは感謝しても良いかもしれん』

（ガ、ガイゼル様ー⁉）

気づけば抱き上げられ、このまま寝室に運んで行きそうな勢いだ。ツィツィーはあわあわと恥ずかしがるが、ガイゼルの力には敵いようもない。

だがそこで、こんこんと扉を叩く音が響いた。

「――陛下！　ランディ様から、火急の案件がありますので、王宮にお戻りいただきたいとの要請が」

「……っ」

『ランディ……貴様……！』

ツィツィーが恐る恐る視線を上げると、眉をひそめたまま硬直するガイゼルの姿があった。心の声が聞こえずとも、激しい葛藤と苦悶で闘っていると分かる。

だがこのままでは仕事に差し支えてしまうと、ツィツィーはたまらず声をかけた。

「ガ、ガイゼル様……」

「……分かっている」

鉛を呑み込んだような重々しい声色で答えたガイゼルは、ツィツィーをソファに下ろす手が下りてくる。
とのろのろと立ち上がった。ツィツィーがすぐに追いかけると、頭上にガイゼルの大きな
「続きはまた今度だ」
「そ、それは一体どういう……」
するとガイゼルはくしゃ、とツィツィーの前髪を乱したあと、すぐに威風をまとったい
つもの表情に戻り、応接室をあとにした。残されたツィツィーは、ばらばらになった髪を
撫でつけながら、徐々に首から額へと朱を差していく。
（つ、続きって……？）
そもそもランディの使いが来なければ、今頃どうなっていたのだろうか。
ツィツィーは恥ずかしさのあまり、その場で両頰を押さえた。

だがツィツィーの心境とは裏腹に、数日経ってもガイゼルの多忙は続いていた。
体調を崩していないかと心配しつつ、ツィツィーもまた教育係による進講に臨む。
（私も早く、陛下のお力になれるよう頑張らないと……！）
そんなツィツィーの意気込みをやる気と認識したのか、眼鏡をかけた教育係は楽しそう
に教鞭を執った。

「それでは、今日はヴェルシアの主要な産業について学んでいきましょう」

「よ、よろしくお願いします！」

「ご存じの通り我が国の領土は大部分が寒冷地となっております。そのため栽培できる農作物の種類は限られており、南方との交易路や海路を利用した輸出入に頼らざるを得ません」

国内で生産されるのは主に麦や芋。一部では果実や野菜を育てているところもあるが、安定した供給のため他国からの買い入れに依存している品目は多い。

「農業以外には鉱業が有名です。レヴァリアについてはご存じですか？」

「ええと、東にある町ですよね」

「はい。中央のミレリア鉱山には大規模な宝石鉱床があり、そこから多くの原石が産出しています。ただし近年は減少傾向にあるようで……」

貴重な天然資源には限りがある。一度に採掘してしまうとすぐに枯渇してしまうため、現在は生産調整をしているそうだ。

「この先技術が向上すれば、より深い地層の鉱脈も掘削できると言われていますが……十年後の産出量は今の半分程度に落ち込む、という試算もあります」

「そんなにすぐですか……」

「はい。あとは羊毛を用いた紡績業も広く行われています。ですがこちらは各都市や街で独自にギルドを形成しているため、小さな村も含めた正確な生産高は国も把握しきれていません。そうそう、地方といえば狩猟も立派な産業と言えますね。鳥獣の毛皮や、フォスター地方の鹿の角などは他国でもとても人気があります」

復習用に書きとめながら、ツィツィーは故国ラシーを思い出した。

ヴェルシアとは比べ物にならないくらい小さな国だったが、温暖な気候と豊かな海に恵まれていたため、農産物や海産物には事欠かない。あいにく鉱山はなかったが、麻や綿といった植物による織物業が盛んだった。

（やっぱり、国によって全然違うものなんですね……）

しかしこれだけの大国でありながら、経済を支える産業が少ないのでは……とツィツィーが質問すると、教育係が分かりますとばかりに腕を組む。

「おっしゃる通り、我が国は気候の不利もあり、歴史的に安定した産業には恵まれなかった。だからこそ、先代陛下は他国への侵攻に重きを置いていたとも言えます。ガイゼル陛下が今後どのような財政基盤を築くのかが、非常に重要となってくるでしょうね」

「なるほど……」

大陸における位置に恵まれなかったヴェルシアは、周辺国との戦争を繰り返し、多額の賠償金と土地を略奪して強大になった。その代償として、国内産業の振興がおろそかなままとなっているのだ。

（でもこれからは、戦いをせずに国を成長させなければならない……陛下はどのようにお考えなのかしら）

そこでツィツィーは、恐る恐る教育係に尋ねた。

「あの……陛下は今、どのような政策をとっておられるのでしょうか？」

「新体制の閣僚を固めつつある、といったところです。しかし、イエンツィエの一件をきっかけに王宮から離れた方も多くいらっしゃるので……なかなか人選に苦労されているようです」

ガイゼル自身の働きかけにより、彼をただの傲慢な皇帝であると思う者は、徐々に少なくなっている。だが彼の掲げる理念は『他国との戦争をしない』という、今までのヴェルシアでは考えられないものだったため、保守的思考の強い貴族たちにはなかなか受け入れてもらえないようだ。

特に、と教育係は眉を寄せる。

「外交を担う部署で大きく欠員が出たと聞いています。諸国との交渉や通商問題の処理などに当たる大変重要な役どころなのですが、所属する貴族の多くがルクセン様の支持者だったらしく……」

（ルクセン・マーラー……）

取り返しのつかない罪を犯した奸臣の名前を思い出す。

先帝の遺志を引き継ぐと豪語したルクセンの行動は、結果的にヴェルシアの平和を脅かした。そのため彼を支持していた諸侯らも居場所をなくしてしまい、みんな逃げるように王宮を去ってしまったのだ。

「どなたか、良い方はおられないのでしょうか？」

「経験と人脈が何よりも重要な部署ですので……すぐに代わりを据える、というのは難しいと思います」

困ったように眉尻を下げた教育係の言葉を、ツィツィーは噛みしめるように聞いていた。

すると眼前に、いつもの課題とは違う大量の書類が積み上げられる。

「さて、本日の授業はここまでといたします。申し遅れましたが、今日から妃殿下にはこちらの方々の情報をしっかりと覚えていただきますね」

「こ、これは？」

「結婚式の招待者リストです。これまでにも、皇家と関わりのある方々の繋がりは覚えていいただきましたが、さらに範囲を広げていただかなければなりません」

「は、はい……」

頑張りましょう！　と拳を握る教育係を前に、ツィツィーは汗を滲ませた。

お昼の休憩を挟んだツィツィーは、部屋で先ほど渡された資料に目を通す。

(公爵家に伯爵家……それぞれの繋がりや立場があるのね……)

ラシーはとても小さな国だったので、王族や武人、聖職者、貴族や商人といった区分けはあったものの、政治的に関わり合うことはあまり多くなかった。

一方ヴェルシアは、貴族として古い歴史を持つ家が多く、姻戚から本家分家の関係に至るまで、非常に複雑な枝葉がある。

おまけに以前は領地経営だけで暮らしていた貴族が多かったが、最近では金融や交易に手をつけることで、莫大な財を蓄えている『新しい貴族』も現れているらしい。しかし『それは本来の在り方ではない』と反発する声も多く、水面下では色々と見えない軋轢があるようだ。

(きちんと把握しておかないと……陛下に恥はかかせられません!)

膨大な書類の山を前に、ああでもないこうでもないと読み込んでいたツィツィーだったが、扉を叩く音にすぐに手を止めた。返事をして振り返ると、開いた扉の先でリジーが嬉しそうに微笑んでいる。

「妃殿下、まもなく約束のお時間です」

「あ、はい！　今行きます」

向かうのは、結婚式の打ち合わせで頻繁に使用されている一階の応接室。

ツィツィーが中に入ると儀典長の他に、初めて見る男女が立ち上がった。どちらも深い赤色の髪をしており、瞳も互いに綺麗な茶色だ。

遅くなって申し訳ありません、と前置きしてからツィツィーは来訪者に椅子を勧め、自らも腰を下ろす。ガイゼルの姿はなかったが、仕事が終わり次第合流するとのことだった。

「お時間を頂戴し、ありがとうございます。本日は衣装の打ち合わせをと思いまして」

すると儀典長の目配せを受けた男性が、ツィツィーを見てにっこりと微笑んだ。

「はじめまして皇妃殿下、私はルカ・シュナイダーと申します。気軽にルカとお呼びください。こちらは妹のエレナです」

ルカと名乗った男性は理知的な顔立ちで、銀縁の眼鏡をかけていた。余裕を持った笑みを浮かべており、如才のない印象を受ける。

反対にエレナと呼ばれた妹の方は、どこかぎこちない様子だった。しっかり髪をセットしているルカとは違い、うつむきがちに長めの前髪を下ろしている。

（なんだか……似ているけれど、似ていない兄妹ですね……）

そこでツィツィーはシュナイダー、という家名にひっかかった。ちょうど先ほど目を通したはず……と記憶をたどっていき、ようやく概要を思い出す。

「もしかして、紡績業が盛んなシュナイダー伯爵家の？」

すると儀典長がおお、と感心するように声を上げた。

「ご存じでしたか。彼らシュナイダー家の工房は、ご婦人方のドレスや衣装のデザインを数多く手がけているのです」

『新しい貴族』――シュナイダー伯爵家はそれをいち早く体現した存在だった。

これまで衣服に使われる布といえば、各地の町や村それぞれで織られるものばかりで粗悪品も多かった。そこで元々領地で牧羊を行っていたシュナイダー家が大規模な設備投資を行い、優れた品質の生地を安定かつ大量に供給できるシステムを作り上げたのだ。

一躍繊維業のトップに躍り出たシュナイダー家は、さらに仕立屋や毛織物、染色業といった関係ギルドにも多額の寄付をし、有能な職人の育成に努めた。

さらにその中から腕利きばかりを集めた工房を設立し、専門の店舗で紳士用から婦人向けまで様々な衣装を販売。その圧倒的なクオリティと他にないデザイン性は貴族たちから絶賛されており、特にご婦人方からの評価がうなぎのぼりらしい。いまや帝都一との呼び声も高く、皇妃の婚礼衣装を依頼するにはうってつけの相手だろう。

すると話が早い、とばかりにルカが儀典長の言葉を引き継いだ。

「この度はぜひ結婚式の衣装デザインを、我々にお任せいただければと思いまして」

（デザイン……ルカ様がデザイナーなのでしょうか？）

実はシュナイダーの工房では、デザイナーの正体を明らかにしていない。

だが巷では『ルカがデザイン業もこなしているのではないか』という噂が広がっていた。

何故公にしないのかと疑問を持つ声もあるが、その秘匿性がさらなる価値を高めていると言う者もいる。

「本来であれば予約が三年先まで埋まっているのですが、皇妃殿下のウエディングドレスとあらば、ぜひわたくしどもの方でご用意させていただければと」

「いいんですか？　待っている方がたくさんいらっしゃるのに……」

「もちろんです。うちの工房にさらに箔がつきますよ」

にっこりと微笑むと、ルカはさっそくデザイン画を並べ始めた。肩を出すビスチェや、前は膝丈だが後ろはトレーンを長く引いているスカート。手首までをレース地で覆ったものなど、どれも斬新なスタイルばかりだ。

「すごい……！　見たことないドレスばかりですね」

「もちろんオーソドックスなものも作れますが、うちが得意とするのは他にはない一点物のデザインです。皇妃殿下のご要望にすべて応えてみせますよ」

そう言うとルカは、ツィツィーの好むデザイン画を選び取りながら、あれそれと質問を始めた。ドレスの良し悪しなど分かるかしら、と不安になっていたツィツィーだったが、聞かれることに答えていくにつれ、何となく自分の好きな形が浮かんでくる。

時折ルカがうんうんと頷くのを、隣に座るエレナは黙ったまま見つめていた。

「あとは採寸ですね。恐縮ですが、どこか場所をお貸しいただければと」

脇に控えていた侍女のリジーが、どうぞと隣室へ案内する。ルカが測るのだろうかと身構えたツィツィーだったが、一緒に来たのは妹のエレナだけだった。

「すみません、よろしくお願いいたします」

「は、はい……」

初めて聞いたエレナの声は、とてもか細いものだった。委縮させているかもと、ツィツィーは出来るだけ穏やかに言葉を続ける。

「ええと、服はすべて脱いだ方がいいでしょうか？」

「あ、いえ、その……そのままで結構です……」

後半をぼそぼそと言い終えると、エレナは持参していたカバンを開け、メジャーを取り出した。使い込まれているのか相当くたびれている。解く手が危なっかしく、ぽろりと絨毯の上に落としてしまった。

ツィツィーが拾い上げると、すみません、すみませんと何度も頭を下げる。

「も、申し訳ございません、皇妃殿下のお手をわずらわせてしまい……！」

「大丈夫ですよ。ごめんなさい、緊張させていますよね」

かつてのリジーを思い出し、ツィツィーは少しだけ苦笑した。

「とても大切にされている道具なんですね」

「え？　そ、そんな、ことは……」

「お兄様と一緒に、このお仕事を？」

するとエレナは突然「違います！」と強く言い返した。

先ほどまでの気弱な様子と打って変わった声色に、ツィツィーは少しだけ目を見開く。

するとそんなツィツィーに気づいたのか、エレナは慌てて首を振った。

「も、申し訳ございません……。でもわたしは、ただの手伝いで……ドレスを作ったりなんて……」

「ご、ごめんなさい……」

あまりの反応の落差に、ツィツィーはふと招待者たちのリストを思い出した。ルカはさして気にしている様子はなかったが、基本的に『貴族は働かないもの』というのがヴェルシアでの共通認識だ。

特に女性――亡き夫に代わって家を守る女当主であれば別だが、エレナくらいの年頃であれば、花嫁修業と称した習い事やダンスの稽古に時間を費やすのが大半である。男性のように働く、という人はまずいないだろう。

（わ、私……失礼なことを聞いてしまったのかも……）

ツィツィー自身は何気なく尋ねたつもりだったが、『貴族の女性が仕事をしている』と思われること自体、エレナにとって不名誉だったのかもしれない。

二人の間に気まずい沈黙が流れ、ようやく肩幅の採寸がスタートする。

「……」

思いのほかエレナの仕事は早く、非常に手慣れていた。

肩に始まり腕、肘までの長さ、身幅ときびきびメジャーを当てていく。そのたびに数値を書き取り、何やら呟くとすぐに他のパーツを測る。お人形と化したツィツィーはエレナの様子を観察しながら、ひたすら口をつぐんでいた。

（すごい……先ほどとは別人のようですね……）

すべての採寸を終えると、エレナはふうと息をついた。

「あ、ありがとう、ございました……一度こちらのサイズで仮縫いをして、試着をしながら細かくサイズを詰める、と思いますので……」

「分かりました。どうぞよろしくお願いします」

再び黙りこくってしまったエレナと共に、ツィツィーは元の応接室に戻ってきた。すると先ほどまでいなかったガイゼルがソファに座っており、思わず声を上げてしまう。

「陛下！　いらしてたんですね」

「ああ」

ドレスのデザイン画を手にしていたガイゼルは、ツィツィーの方を一瞥すると短くそれだけを口にした。その威圧的な態度に他の男性二人はやや緊張していたが、ガイゼルの本音は相変わらずツィツィーのことばかりである。

『さすがシュナイダー、どのデザイン画も素晴らしいな。……しかし肩を出しているとツィツィーの玉のような肌に傷がつく心配があるのではないか？　だがこれはこれで華奢な愛らしさがいっそう強調されるとも……。……悪いが一着では足りないな。いくつか作らせて、ドレス姿のツィツィーで石像を彫らせるか？　王宮に飾ってもいいが……女神像だと勘違いする奴ばかりになりそうだな……』

（や、やめてくださいー！）

　真面目な表情でとんでもないことを考えているガイゼルの隣で、ツィツィーは密かに赤面した。

　やがて儀典長とシュナイダー兄妹が退室し、応接室にはツィツィーとガイゼルの二人だけが残された。リジーから出された紅茶を飲んでほっとしていると、ガイゼルがやや疲れた様子で口を開く。

「急で悪いが、来週末は予定を空けておけ」

「ら、来週ですか？」

「ああ。諸侯たちを王宮に招いて、観月の宴を開くことになった」

　お披露目式以降、内部のクーデターやイエンツィエ事変のせいで、ヴェルシア国内はパーティーなどを催せる雰囲気ではなかった。だが二人の挙式も決まり、ようやく貴族たちの間にも余裕が生まれたということだろう。

「前回の披露から日が空いたからな。顔見せを兼ねてということだ」

「は、はい……！」

途端に顔を強張らせたツィツィーに気づいたのか、ガイゼルはそっとツィツィーの頭に手を置いた。ゆっくりと撫でながらそんなに緊張するなと続ける。

「俺が傍にいる」

「ガイゼル様……」

こちらの不安に気づいてくれたことに、思わず胸の内が温かくなる。だが同時に流れ込んできたガイゼルの葛藤を前に、ツィツィーはぎくりとした。

『本当は俺だって連れていきたくはない……！　こんなにも愛らしいツィツィーの魅力に惹かれて他の男どもが手を出してきたらと思うと……。まあ俺が隣にいるからには近寄ってくる不逞の輩など秘密裏に会場から叩き出すことも出来るし、ヴァンとランディに始末させることも』

「た、楽しみですね！　パーティー！」

これ以上続けると、ガイゼルの内なるガイゼルが漏れ出してきそうだ、とツィツィーは慌てて言葉を打ち切った。するとガイゼルが、んん、と不自然な咳ばらいをする。

「ところで、ようやく仕事にめどがつきそうだ」

「本当ですか？」

「ああ。そのことで……以前の約束は覚えているか？」

ガイゼルの言葉にツィツィーは一瞬きょとんと瞬いた。

だがすぐに『続きはまた今度だ』と宣言されたいつぞやの場面を思い出し、途端にしどろもどろになる。

「え!?　ええと、その……」

「食事は先にとっておけ。……夜は俺の部屋に来い」

それだけ言うとガイゼルはすぐさま立ち上がった。がちがちに硬直しているツィツィーに向けて口角を上げるると、さっさと部屋をあとにする。扉が閉まる音を聞きながら、ツィツィーはようやく思考を取り戻した。

（もしかして……あの、続き？）

その瞬間、耳までかっと熱くなり――ツィツィーの頭からは、宴への緊張も、気に入っていたドレスのデザイン画もすべて吹き飛んでしまっていた。

その日の夕食は、何を食べたかほとんど覚えていなかった。

（うう……どきどきします……）

茫然としつつも、湯あみだけは普段の倍以上時間をかけ、リジーと共にいちばん可愛く見えるナイトドレスを厳選する。どうやらツィツィーの異常な気合の入り方に、リジーも何かを察してくれたようだ。

（これだけでいいかしら……もっと何か……。そうだわ！）

そこでツィツィーは急いで厨房へと向かい、料理長と話して準備を始める。

その後そわそわしながら自室で待っていたものの、就寝の時間が近づいてもガイゼルが帰ってきたという知らせはない。どうしたものかと迷ったツィツィーだったが、昼間の言葉を信じて彼の部屋に向かうことにした。手には小さなバスケットを持っている。

「し、失礼します……」

恐る恐るノックをし、そうっと足を踏み入れた。やはりガイゼルの姿はなく、ツィツィーは少しだけ安堵する。あまり色々と見てしまうのも気が引けるので、中央に置かれていた三人掛けのソファに腰を下ろした。

（やっぱりお忙しいのね……無理をしていないといいのだけど……）

時計を見る。今日が終わるまであと二時間ほど。

ツィツィーは待ち時間を潰すべく、持ってきていた本を繙いた。

「……ツィツィー」

どこか穏やかな呼び声に、ツィツィーははたと目を覚ました。

慌てて顔を上げると、さらりとした黒髪越しのガイゼルが、心配そうな様子で覗き込んでいる。膝には開いたままの本。どうやら読書しながら眠ってしまったようだ。

「す、すみません、ガイゼル様！　起きておくつもりだったのですが……」

「いや、俺の方こそ悪かった。まさかこんな時間になるとは」

一体何時だろう、とツィツィーは時計を確認する。すると分針は、まもなく日付が変わるという時刻を指していた。

「お、お仕事は大丈夫だったのですか？」

「約束しただろう。今日は必ず帰ると」

何とか間に合ったなと微笑みながら、ガイゼルはツィツィーの頬に落ちる髪をそっと耳にかけた。どこか手慣れた仕草に、ツィツィーは恥じらいをごまかしながら「そういえば」と顔をほころばせる。

「ガイゼル様、お腹はすいていませんか？」

「腹？」

「その、毎日遅いので、あまりちゃんと食事をとられていないのではないかと……」

きょとんとするガイゼルの前に、ツィツィーはバスケットを取り出した。蓋を開くと、中には綺麗な切り口のサンドイッチがぎっしりと詰まっている。

「良かったら、お夜食にと思ったのですが……」

おずおずと差し出されたそれを、ガイゼルは最初不思議そうに見つめていた。だがすぐに真ん中の一つを手に取ると、ツィツィーの隣に腰かけてぱくりとかぶりつく。

小さなパンはわずか二口でガイゼルの手中から消え、しばらく味を堪能したかと思うと、喜びを噛みしめるように彼は呟いた。

「……うまい」

「本当ですか⁉　良かった……！　その、ガイゼル様がせっかく帰ってきてくださるのだから、私も何かしてさしあげられたらと……でも、こ、これくらいしか思いつかなくて……」

「……」

言いながら次第に赤面していくツィツィーに対し、ガイゼルは呆気に取られたような表情を浮かべていた。やっぱりもっと別のことが良かった？　と不安を募らせるツィツィーをよそに、ガイゼルはバスケットごと奪い取ると、サンドイッチを次々と口に運んでいく。

そのあまりの勢いに、ツィツィーの方から制止をかけた。

「ガ、ガイゼル様⁉　そんなに無理に食べなくても！」

「それを聞いて、食わない男がいると思うのか」

「で、でも」

イシリスに潜伏していた時とは違い、今は料理長による豪華な料理が当たり前だ。

　そんなガイゼル相手に、素朴なサンドイッチを出してしまったことが今更ながら恥ずかしくなり、ツィツィーは急にいたたまれなくなってくる。しかしガイゼルがひっそりと心の中で感動を露わにするのを聞いて、思わず手を止めた。

『生まれてこのかた食事なんて、必要な栄養がとれれば十分だと思っていたが……。こんなに美味いと感じるものなんだな……』

（陛下……）

『……懐かしいな。イシリスでは日々を生きていくのに必死で気づかなかったが、毎日ツィツィーの手料理だったんだ……。……くそっ、もっとしっかりと余すところなく味わっておくべきだった……！』

　無言で後悔するガイゼルを前に、ツィツィーはふとラシーのことを思い出した。

（そういえば私も……食事を美味しいと思ったのは、こちらに来てから……）

　人の心の声を聞く異能を母に疎まれ、故国で半幽閉状態だったツィツィーは、食事も一人でとることがほとんどだった。

　もちろん内容はそれなりに立派だったが、暗い塔の中で壁に向かって食べる食事のつらさは、幼いツィツィーの精神を少しずつ摩耗させたものだ。

　だがヴェルシアに来て、ガイゼルと食事を共にするようになった。ウタカなどの旅先でも一緒に食べたし、具材の少ないスープでもイシリスの地では十分すぎるほど満たされた。

（陛下も……同じなのでしょうか？）

ガイゼルの過去——早くに亡くなられたお母様のこと。他家に預けられて青年期まで過ごしたこと。特段話すべきことでもないからと詳細は教えてもらえなかったが、ガイゼルの不遇な環境を思えば、けして楽しい日々ではなかっただろう。

ツィツィーはぐっと両手を握りしめると、ガイゼルに向けて尋ねた。

「あの……よければ、また作ってもいいですか？」

「俺はありがたいが……大変じゃないか？　ここまで準備するのは」

「い、いえ全然！　私もガイゼル様に食べてもらいたいので！」

するとガイゼルはしばし言葉を失うと手で額を押さえ、はあーと深いため息をついた。

『分かってる……そういう意味じゃない。そういう意味はないんだ。他意はない。俺の心がやましいだけだ……』

「ガイゼル様？」

「……いや、問題ない。その時はまた頼む」

「はい！」

嬉しさに顔をほころばせるツィツィーを見て、ガイゼルはふわりと目を細める。やがて空になったバスケットをテーブルに置くと、ソファに座るツィツィーを抱き上げた。体が急に浮かび上がり、ツィツィーは慌ててガイゼルの胸元を掴む。

「では行くか」

「へ、陛下⁉　あの」

「ガイゼルだ」

どこか楽しそうにガイゼルが繰り返し、二人はベッドへと移動した。シーツの上に優しくツィツィーを下ろすと、ガイゼルは上着を脱ぎ、寝台の脇にどさりと投げ出す。そのままシャツ姿になると、緊張しているツィツィーの隣に腰を下ろした。

（こ、心の準備が……！）

ぎしり、と鳴る木の音が生々しく、耳を塞ぎたくなる羞恥を堪えて、ツィツィーはガイゼルの動向を待った。ガイゼルはツィツィーをそっと抱き寄せると、白銀の髪に指を絡めて愛おしむように梳く。

「ツィツィー……」

やがてガイゼルは、ツィツィーの体を力強く抱きしめると、その肩口に頭を寄せてきた。柔らかい黒髪がツィツィーの鎖骨をくすぐり、思わず声が漏れる。

そのまま押し倒されたかと思うと、ツィツィーの上にガイゼルの重みがのしかかってきた。シャツ越しに伝わる体温がとても熱く、ツィツィーはいよいよ動揺を隠せなくなる。

（こ、ここから一体どうすれば……⁉）

緊張に身を固めていたツィツィーだったが、待てど暮らせど次がない。

やがてガイゼルがゆっくりと上体を起こしたのに気づき、そろそろと瞼を開けた。

（へ、陛下……？）

目の前にはツィツィーの顔の両脇に手をついたまま瞼を閉じ、眉間に深い縦皺を刻んでいるガイゼルの姿。やがて必死になって自らを律する心の声が届く。

『……だめだ……さっきランディから言われただろう……。結婚式が終わるまでは、ツィツィーの体を労わるようにと……祝いごとであっても、何かあっては困るからと……。しかしあいつ絶対分かっていて先に釘を刺してきたな……』

（私を、労わる？）

疑問符を浮かべていたツィツィーだったが、隠された意味に気づきすぐに赤面した。

もちろん無理をさせないという意味が大半なのだろうが――万一身籠りでもすれば、ドレスが着られなくなるのはもとより、体調次第では挙式自体も危ぶまれてしまうと心配されているのだろう。

ガイゼルもそれには同意のようで、しばし苦悶する時間を置いたあと、渋々といった様子で体を離した。困惑するツィツィーの髪を撫でながら、少しだけ口角を上げる。

「待ち疲れただろう。早く寝ろ」

「ガ、ガイゼル様は……？」

「俺はここでもう少し、見張っておいてやる」

（み、見張りって……？）

そう言うとガイゼルは、ツィツィーの乱れた前髪を指先でちょいちょいと整えた。まるで子どもにするような仕草に照れながらも、これ以上は自分の心臓ももたないし、言われた通り先に休もうとツィツィーは目を瞑る――が。

『寝ている姿もなんて愛らしいんだ……まるで茨の森の奥深くに眠るという眠り姫のようだな……』

『寒くないだろうか？　毛布がもう一枚必要か？』

『口づけだけ……。……いや、間違いなく起こしてしまうな……。頬に触れるだけなら可能か……？』

（ね、眠れません……!!）

頭上から絶え間なく注がれる熱い視線。そして終わりを知らぬガイゼルの心のうつろいを聞きながら、ツィツィーは懸命に寝たふりを続けたのであった。

翌朝目覚めると、ツィツィーはガイゼルの腕の中にいた。

ふわふわの毛布が二人を肩まで包んでおり、一人で寝ている時よりもずっと温かい。夢うつつの状態から起きようとしたツィツィーだったが、目の前の光景にはたと硬直した。

（へ、陛下の顔が、近い……）

以前一緒に寝た時は、背後からだったのでさほど気にしていなかったが、今回はしっかりとガイゼルと向き合う形で抱きしめられていた。いつの間にと挙動不審になりながら、毛布の中でじりじりと懸命に距離を取る。

するとツィツィーの動きに気づいたのか、ガイゼルもうっすらと目を開いた。黒髪の合間から美しい青紫色の瞳がちらりと覗く。

「……ツィツィー？」

「ガ、ガイゼル様……」

ツィツィーが恐る恐る見上げると、ガイゼルはふ、と口元をほころばせた。

だが解放するどころかさらに腕に力を込め、離れようとするツィツィーをより強く引き寄せる。銀の髪に嬉しそうに唇を寄せるガイゼルに対し、先ほどから彼の胸元に顔を押しつけられているツィツィーはたまったものではない。

（うう、恥ずかしいです……）

シャツを着ているとはいえ、ガイゼルの襟元は大きく開いており、露わになっている素肌が目に毒だ。しなやかな筋肉の感触にツィツィーが恥じらっていると、ようやくガイゼルが口を開く。

「……おはよう」

「お、おはよう、ございます……」

『朝起きて一番にツィツィーがいる……なんて幸せなんだ……』

微笑むガイゼルの寝起き姿と、喜びに溢れる心の声にツィツィーは一瞬で真っ赤になった。さらにガイゼルはツィツィーの首元に手を添わせると、髪の間に指を滑り込ませるようにして顔を上向かせる。

「……ん」

抵抗する間もなく口を塞がれ、ツィツィーは慌てて目を閉じた。

長い沈黙を経て、ようやくガイゼルの唇が離れる。ぷはあと息を吐き出すツィツィーを楽しそうに見つめていたかと思うと、再び乞うように顔を近づけた――が、すんでのところでぴたりと動きを止める。

『くっ……だめだ……これ以上は歯止めが利かなくなる！　……もうだいぶ利いてない気もするが……』

（へ、陛下……）

聞いてはいけないことを聞いてしまった気がして、ツィツィーは思わず目をそらした。するとようやく邪念を払ったガイゼルが、ゆっくりとベッドから身を起こす。

「よく眠れたか？」

「あ、は、はい！」

ツィツィーも遅れて上体を起こすと、ベッドの端に腰かけているガイゼルの隣にそのまちょこんと並んだ。

「昨日であらかたの仕事が片づいた。今後はもう少し早く戻れるはずだ」

「ほ、本当ですか⁉」

喜色満面なツィツィーに、ガイゼルは苦笑する。ぴょんと跳ねたツィツィーの前髪を直してやりながら、軽く額に口づけた。

するとーー臣下たちの前ではけして見せない穏やかな笑みの一方で、重刑を科せられた咎人のような呻吟が聞こえてくる。

『あと半年……俺は本当に耐えきれるのか……』

（……へ、陛下……）

返事をするわけにもいかず、ツィツィーは喜びと恥ずかしさに苛まれた。

その後もガイゼルはランディからの忠告を律儀に守り、一緒にベッドに入るもののツィツィーを抱きしめて眠るだけ、という夜が続いた。とはいえ苦悩する彼の心の声は日に日に切迫度を増していき、ツィツィーはそのたびに必死に意識を飛ばすしかない。

そうして十日ほどが過ぎ、観月の宴の当日を迎えた。

（うう、やっぱり緊張します……！）

主催の一人であるツィツィーは、深紅のドレスで着飾っていた。上半身がすっきりと見える、鎖骨から肩にかけて襟ぐりが大きく開いたデザイン。スカートも膨らみを持たせないよう自然に下ろしており、サイドの二カ所と後ろに黒のサテンがあしらわれていた。細い首元には、六条の光が宿るスタールビーの首飾りが輝いている。

その隣、同じく夜会用の衣装に身を包んだガイゼルは、漆黒のイブニングコートに銀のカフリンクス、ベストに白いシャツという実にシンプルな出で立ちだった。

だが余計な装飾がない分、ガイゼルの長い足や小さい顔といった、整いすぎた体のバランスがはっきりと強調されている。胸元にはツィツィーのドレスと同じ、深紅のポケットチーフが覗いていた。

やがて上座に座った二人の元に、各地からの貴賓がこぞって押し寄せる。

挨拶に訪れた貴族たちは、華灯の中でも輝くような皇帝夫妻の美貌に、分かりやすく色めき立っていた。だが当のツィツィーは、それらはすべてガイゼルに向けられた称賛だと思い込んでいる。

（やっぱり陛下は、こういう場でもひときわ目を引くんですね……）

先ほどから独身の令嬢はもちろん、既婚の女性や若い青年まで、皆一様に恍惚とした視線をガイゼルに向けていた。自分が傍にいていいのだろうか、と不安になるツィツィーだったが、隣から聞こえてくる心の声にすぐにはにかんでしまう。

『くっ……狼（おおかみ）どもが一斉（いっせい）にツィツィーを狙っているじゃないか……！　だから露出（ろしゅつ）の少ないドレスにしろと言いたかったのに……。いやしかしツィツィーが望むのであればそれは尊重してやりたいし、実際素晴らしく似合っていて美しいし、まるで今宵（こよい）の月の女王が目の前に降（お）りてきたかのような感動すらあったが……』

（陛下、大丈夫です。この注目は全部陛下に向けられたものです。ご自分がどれほど素敵（すてき）か気づいていないのでしょうか……）

　ちらとガイゼルの顔を見るが、とても脳内でツィツィーを大絶賛しているとは思えないほど澄（す）ました横顔だ。――ここまでお気づきの通り、残念ながらお互いに盛大（せいだい）な勘違いをしているのだが、それを突（つ）っ込（こ）む人はいない。

　やがて二人の耳元で、聞き覚えのある声がした。

「陛下、ご機嫌麗（きげんうるわ）しく」

「シュナイダー卿（きょう）か」

　現れたのはドレスのオーダーで知ったシュナイダー兄妹。兄のルカはデザイナーというだけあって、シルバーの夜会服に薄紫（うすむらさき）のタイを上品に着こなしていた。

　少し後ろにはエレナが立っており、グラスグリーンの地に白の手編みレースを重ねた珍（めずら）しい意匠（いしょう）のドレスだ。未婚（みこん）の女性にしてはおとなしめな色だが、彼女の赤い髪によく似合っている。

「皇妃殿下におかせられてもご機嫌いかがでしょうか？　また近いうちに打ち合わせに参ります。……ところで、今日は別件のお話がございまして」

そう言うとルカは、上着の内側から手のひらサイズの紙片（しへん）を取り出した。

紅の台紙に銀のインクで『Ciel（シエル）・Etoile（エトワレ）』と書かれている。

「実は、うちの工房を新たにブランド化しようと思っております。今後は女性のドレスを中心に、すべてオートクチュールで作らせていただく予定です」

きっかけは、ドレスのデザインが人気を博した結果、今までのやり方では生産が追いつかなくなったからだという。そこで採算性（さいさんせい）の低い商品ラインを廃止（はいし）し、女性向けに特化したいとのことだった。

「つきましては、皇妃殿下にもぜひ贔屓（ひいき）にしていただければと。全国民の憧れ（あこが）でもある皇妃殿下のご推奨（すいしょう）とあれば、女性たちは我先にと同じブランドを望むことでしょう」

「そ、そうでしょうか……」

はたして自分にそこまでの影響力があるだろうかとツィツィーは困惑したが、ルカは自信を持って断言する。本当に貴族らしからぬ商才に溢れているようだ。するとガイゼルがルカに向かって話しかけた。

「シュナイダー卿、例の件だが」

「それについてですが……今はまだちょっと」

（な、何か大切なことのようですね……）

あまり聞いては失礼かもしれない、とガイゼルとルカが話をしている間、ツィツィーは脇に隠れていたエレナにそっと声をかけた。

「ごきげんよう」

「ご、ご機嫌麗しく……皇妃殿下」

「とても素敵なドレスですね。そちらも工房で作られたものですか？」

「いえ、これは……」

話しかければかけるだけ、どんどん畏縮させてしまうかのようで、ツィツィーは少しだけ眉尻を下げた。リジー以外で歳の近い女性と話すのは久しぶりなので、なんとか仲良くなりたいと思ったのだが……互いの立場を考えるとそう簡単ではないようだ。

（寂しいけれど、ご迷惑をかけるわけにはいきませんし……）

やがて話が終了したのか、ルカが軽く会釈をした。ツィツィーもすぐに頭を下げる。

その間もエレナは兄の後ろで、じっとうつむいたままだった。


月の夜は更けていき、宴もたけなわを迎えていく。

来賓の数はなおも増え続け、会場の大広間は有力な諸侯やその子弟の姿でごった返していた。一通りの挨拶を終えた二人は、少し休憩しようと席を立つ。だが一歩動くたびに声をかけられる始末で、いっこうに移動することが出来なかった。

　おまけに――

「いやあ、噂には聞いておりましたが、まさしく雪の女神のような姫君で」

「本当に。その微笑みだけで値千金です」

「そんな……大げさです」

「……ふん」

『美しいツィツィーを見て、思わず称賛したくなる気持ちは分かる。だがこうも次から次へと……！　くそ、やはりどこかに隠しておくべきだったか……』

（か、隠すと言われましても……）

　このように男性陣が、ガイゼルへの挨拶ののちツィツィーを褒めそやす――という流れが先ほどから何度も繰り返されており、その度にガイゼルの苛立ちが蓄積していくのを感じていた。ツィツィーは表向き愛想よく振る舞いながらも、いつ噴火するだろうかと内心恐々とする。

　そんな時、突然ぞわりとした感覚が背を走った。

『ガイゼル……やは……近づくのは難し……か』

（――⁉）

途切れ途切れに響く心の声に、ツィツィーは慌てて振り返る。

少し離れた位置に立っていたのは壮年の男性だった。長い前髪は真ん中で分けられ、灰色の髪を後ろに撫でつけている。身長は高く、体躯はしっかりと引き締まっていた。何より特徴的だったのは、その片目に眼帯をしていることか。

おそらく彼も招待客の一人なのだろうが——それにしては、明らかに剣呑な雰囲気を漂わせている。

(陛下のお知り合いの方でしょうか?)

ガイゼルに伝えるべきだろうかと、ツィツィーはすぐに彼の袖を引く。だがいざ視線を戻した時には、男性は人ごみに紛れるようにいなくなってしまった。

「ツィツィー、どうかしたか」

「あ、いえ。こちらを見ていた方がおられたので……」

しかしとうに男性の姿はなく、ツィツィーは何でもありませんとごまかす。

ただ他の参加者とは異なる雰囲気が気になったツィツィーは、ガイゼルにエスコートされながらもこっそりと男性の行方を捜した。

(一体どこに行かれたのでしょうか……)

その途中、会場の中ではしゃぐ、ひときわ華やかな集団に目を奪われた。

どうやらみんな若い娘で、彼女たちのまとう黄色やピンク、水色といった淡い色彩のドレスがまるで花束のようだ。中心にいるのは美人で意志の強そうな顔立ちをしたとある侯爵令嬢らしく、艶やかな黒髪に真っ赤なドレスがよく似合っている。

（わあ……素敵ですね）

ツィツィーにも姉はいたが、お化粧やドレスを一緒に楽しんだ思い出はない。リジーはとてもよくしてくれるが、友達と呼んだら向こうが恐縮してしまうだろう。楽しそうな女の子たちを見ながら、ツィツィーはいいなあと目を細める。

（でも何か、様子がおかしいような……）

そこで少し角度を変えると、彼女たちに取り囲まれるようにもう一人誰かが立っていた。その姿を見て、ツィツィーは目を見張る。

（エ、エレナ……!?）

彼女たちと仲が良いのだろうか、とまずは事態を見守ろうとした。ところが集団はどんどん会場の端の方に行ってしまい、不穏な空気を感じ取ったツィツィーはさりげなく近くまで移動する。

やがて赤いドレスの侯爵令嬢がエレナを嘲った。

「どうしてあなたがこのパーティーに？」

「あ、兄が……同伴者がいると……」

小さく言い返したエレナを見て、侯爵令嬢は不快そうに眉を吊り上げた。

「あなたが、ルカ様のパートナーですって？」

周囲からくすくすとした笑いが漏れ、こっそりと様子を窺っていたツィツィーもさすがに異常だと察する。

しかもその直後、令嬢の一人が持っていたワイングラスをこれ見よがしに傾け――ぱしゃんと弾けるような音のあと、エレナの胸元に大きな赤黒い染みが出来てしまった。

「あら、ごめんなさい～」

「まあ大変！　みっともないお姿が目立ってしまいますわね」

「早くおうちに戻られた方がいいのではないかしら？」

次第に嗤笑は大きくなり、ドレスだけではなくエレナ自身への誹謗が混じってくる。

だが当のエレナは言い返すでもなく、どこか諦念したまま汚れたそれを見つめていた。

（た、大変です！　な、なな、何とかしないと……！）

だが今日に限ってコートもショールも持ってきていない。さすがにドレスを脱ぐわけにもいかず、ツィツィーはガイゼルの元に駆け寄った。

「陛下、あの、さ、寒いので上着を貸していただけないでしょうか！」

「別に構わんが……」

ガイゼルは少しきょとんとしていたが、着ていたジャケットを脱いでツィツィーに手渡してくれる。ありがとうございます、と勢いよく礼を言い「すみません陛下、ちょっと休んできます！」とその場を離れた。

（だ、大丈夫でしょうか……）

リジーに代わりのドレスの手配を頼み、ツィツィーがようやく騒動の場に駆け戻った時には、令嬢たちはすでに違う場所に移っていた。会場の隅で体を隠すようにうつむいていたエレナを捜し出し、ツィツィーはあの、と声をかける。

「こ、皇妃、殿下⁉」

「突然ごめんなさい、あの、良ければこれを」

「あ、ありがとう、ございます……」

どうやら泣いていたわけではないらしく、ツィツィーは少しだけ安堵する。だがこのままでいても埒が明かないと、来賓用に用意していた部屋の一つにエレナを誘った。

「すぐに着替えを用意しますね」

「す、すみません……なんてお礼を言ったらいいか……」

少しだけ落ち着きを取り戻したエレナを見て、ツィツィーはひとまず息をついた。上品なグリーンのドレスについた染みは大きく広がっていて、ツィツィーはたまらず視線を落とす。

「とてもお似合いでしたのに……、残念でしたね」

「……いいんです。別に」

痛ましげな面持ちのツィツィーに対し、エレナの口調は静かだった。しかしその瞳には色濃く悲しみが滲んでおり、汚れたドレスをじっと見つめている。

するとと次の瞬間、エレナの心の声が断片的に聞こえてきた。

『やっぱりわたし……作る……に、価値なんて……』

(作る?)

だがエレナは口を引き結び、それ以上何も語らなかった。心の声も聴こえない。暗い表情を浮かべるエレナに、ツィツィーは困惑することしか出来なかった。


やがてリジーの持ってきた衣装に着替えると、エレナは何度もお礼を言って会場へと戻っていった。大丈夫だろうかと見送ったツィツィーは、一緒になって心配そうに眉を寄せるリジーに謝辞を伝える。

「ありがとうリジー。……少しだけ、ここで休んでいきますね」

気を利かせたリジーが退室し、ツィツィーは一人そっとソファに腰かけた。すると閉じられた扉からすぐに控えめなノックの音がする。

リジーが戻ってきたのかしら、とツィツィーは慌てて「はい」と返した。だが開いた扉の向こうにいたのはリジーではなく、無表情のガイゼル。しかもベストとシャツ姿のまま

だ。

「ここにいたのか」

「ガ、ガイゼル様！」

（そうだ、私……陛下に上着を借りてそのままでした……！）

エレナを助けるのに必死で、事情をまったく説明していなかった。たらりと冷や汗を流し立ち上がったツィツィーの前を通り過ぎると、ガイゼルはソファへぼすんと腰を下ろす。

「へ、陛下、あの、申し訳ございません……」

「何がだ」

「う、上着をお貸しいただいたことと……あと、わ、訳も言わず、長くお傍を離れてしまって……」

弱々しくなるツィツィーの謝罪の語尾を聞きながら、ガイゼルは長い足を組むと、はあとため息をついた。きっちりとした襟元に指を差し込むと、左右に揺らしながらタイを緩めていく。

ツィツィーがその様子をおっかなびっくり眺めていると、しびれを切らしたガイゼルが自分の隣に来るよう目線だけで指し示した。引け目しかないツィツィーは、反省する犬のような気持ちで恐る恐るガイゼルの隣に座る。

「休みたいというから、どこか体調が悪いのかと心配した」

「……はい」

「自室に戻ったのかと本邸にも行った。だがどこを捜しても姿が見えない」

「す、すみません……」

淡々と紡がれるガイゼルの言葉。心の声もまったく響いてこず、これは本気で怒っているとツィツィーは強く瞼を閉じる。

（ど、どうしましょう……。エレナのことを伝えた方がいい、と思うのですが……令嬢たちからいじめられているかもしれないなんて、陛下に言っていいのかどうか……）

当のエレナ自身がそれを望んでいないかもしれない。でも……とツィツィーは眉を寄せる。すると突然、重量のある布がばさりとツィツィーの頭上に落ちてきた。慌てて目を開けると、視界の隙間から笑いを堪えるガイゼルの姿が見える。

「え⁉　え⁉」

頭に乗っているそれに手を伸ばす。馴染みのある質感はどうやらガイゼルの上着のようだ。ソファに置いてあったものを発見し、そのままツィツィーにかぶせたのだろう。

ぶかぶかのジャケットに覆われたまま、面食らっているツィツィーにガイゼルがようやく口角を上げた。

「そこでお前の侍女に聞いた」

「え⁉」

る。

「人を助けていたのだろう」

　どうやら事情は伝わっていたらしく、ツィツィーはただただ小さく「すみません……」と首を垂れた。するとガイゼルは無言のまま目を細め、上着越しにツィツィーの頭を撫でる。

「どうして謝る。お前が無事なら、俺はそれでいい」

「で、ですが、せっかくの顔見せの場で……」

「これからいくらでも機会はある。それに俺も、お前をあれ以上連れ回さずにすんで助かった。あのままだったら、俺の方が爆発していたぞ」

　嘘か本気か分からないガイゼルの言葉に、ツィツィーはつい笑いを零してしまった。ガイゼルはふ、と鼻で息をすると、こちらを覗き込むように上体をかがめる。

「やっぱり――お前には大きいな、これは」

　そう呟くとツィツィーの頭に手を伸ばし、ジャケット越しにそっと口づけた。

　外の会場ではいまだ多くの招待客が宴を楽しんでおり、楽団の演奏や笑いさざめく声が遠くからかすかに聞こえてくる。だがその瞬間だけ、ツィツィーの周りは静寂に包まれた。

　しかしすぐに意識を取り戻し、あわわわとガイゼルを振り仰ぐ。

「ガ、ガイゼル様？　今、何を……」

「別に何も？」

　にやりと笑うガイゼルの様子に、ツィツィーの顔は着ているドレスに負けないほど真っ赤になった。火照る顔を隠すようにジャケットを手繰り寄せる。

（ま、まだパーティーの最中なのに……）

　からかわれているとツィツィーは恥ずかしがるが、ふと香った匂いにさらに上着を引き寄せた。ガイゼルが「ん？」と怪訝そうな顔をする。

「いい加減に脱いだらどうだ？」

「……ガイゼル様の匂いがするから、もう少しだけ、いいかなって……」

　えへへ、と恥ずかしそうに笑うツィツィーを見るや否や、ガイゼルの顔つきは何故か『氷の皇帝』に逆戻りした。一瞬の変わり身に、どうしたのだろうとツィツィーが驚いていると、突然ガイゼルに両肩を摑まれる。

『なんとか爆発を凌いだと思っていたのに……言うことやることがいちいち可愛すぎるぞ……。それも俺の上着をかぶったまま……しかしどう見てもサイズ感がおかしい。神はどうしてこんな小さくて愛らしい存在を生み出したんだ？　世界平和のためか？　だとしても俺の心は全然穏やかじゃないんだが』

（ガ、ガイゼル様⁉）

　どうやら良からぬ何かを刺激してしまったらしい。

あれよあれよという間にジャケットを奪われ、ツィツィーはガイゼルを見上げる形で押し倒されてしまった。ソファに幅がないためか、ガイゼルの足の片方は床に下ろされている。背にしたシャンデリアの光を黒髪で隠しながら、青紫色の瞳が輝いた。

「そんな上着より、本物の方がいいだろう」

「へ、陛下⁉」

「ガイゼルだ」

ツィツィーの頬にガイゼルの手が伸び、上体がぐっと迫ってくる。ツィツィーはたまらず目を閉じ——だがその直後、コンコンと無機質なノックの音が室内に響き渡った。

「陛下！　失礼いたします、イクス王国から——」

会場内を捜し回ったのか、ガイゼルの幼馴染で側近のヴァン・アルトランゼが息を切らせながら飛び込んできた。ソファに不自然に並んで座るツィツィーたちを見つけると、大慌てで「すみません！」と頭を下げる。

「皇妃殿下もこちらにおられたのですね。お邪魔でしたか？」

「い、いえ！　大丈夫です！」

ぶんぶんと首を振るツィツィーの顔は赤く、髪もわずかに乱れていた。

その一方ガイゼルはいつの間にかジャケットをきっちり着込み、隣で足を組んだままますっとした表情を浮かべている。一体どんな早業を使ったのかしら、とツィツィーはやや恨みがましく横目で睨みつけた。

「俺は先に行く。お前はもう少し休んでおけ」

「はい。ありがとうございます」

ヴァンと共に出ていったガイゼルを見送ったあと、一人になったツィツィーはぼんやりと天井を見つめる。

（エレナ……大丈夫かしら……）

令嬢たちから嫌がらせを受けていたことも心配だが、汚されたドレスに対しての反応も気にかかった。特に一度だけ『受心』した心の声。

（今度の打ち合わせの時、聞いてみようかしら……）

それに不穏な雰囲気を漂わせていた眼帯の男も、結局見つけ出せないままだ。

ツィツィーは静かに視線を下ろすと、ぎゅっと手のひらを握りしめた。


観月の宴から程なくして、ドレスの仮縫いを携えシュナイダー兄妹が本邸を訪れた。ガイゼルは執務のため今日は王宮のようだ。

「何度か着ていただいて、細かいところを詰めていきます。それから本縫いに入りますね」

ルカに指示されるまま、ツィツィーとエレナは隣室へと移動した。エレナはツィツィーに白いドレスを着せると、胸元や腰回りなど体のラインが出る部分を重点的に確認していく。

（なんだか、本当の花嫁みたい……）

仮縫いとはいえ、派手な装飾やレースがないだけで、見た目はほとんどウエディングドレスと変わらない。ふわりとスカートの裾が揺れるのが可愛らしく、鏡に映る自分の姿にツィツィーは心を躍らせた。

やがてエレナが手を止めた頃合いを見計らい、こっそりと話しかける。

「あの、先日は大丈夫でしたか？」

「……は、はい。お気遣い、ありがとうございました……」

「良かった……。出しゃばったことをしてしまって、嫌な思いをさせたのではと」

するとエレナは慌てて首を振った。

「そんな……そんなことはありません。お、お借りしたドレスは……のちほどきちんとお返しいたしますので……」

「そんなに気にしないでください。それより、ご自分のお召し物は……」

「……あれはもう、捨てました」

「す、捨ててしまったんですか？」

「……はい。元々、たいしたものではありませんから」

長い前髪の向こうでエレナが視線を落とす。

その様子を見たツィツィーは、思考を巡らせた。

（あの時は、あんなに悲しそうだったのに……。心の声だって……）

ドレスが汚されたことを深く嘆いたかと思えば、一転してあっさりと手放してしまう。

そんなエレナの言動に、ツィツィーは違和感を抱いた。

（でも急に理由なんて尋ねても、きっと畏縮してしまうでしょうし……）

もっとエレナと、ドレスについて知りたい。そう考えたツィツィーはとっさに口にした。

「エレナ、実はお願いがあるんですが」

「な、何でしょうか？」

「このドレスが出来るところ……工房を見学してみたいです」

突然のお願いにエレナはひどく戸惑っているようだった。ツィツィーもあまりに急だったかしら、と内心ハラハラしながら返事を待つ。長い沈黙の末、ようやくエレナが口を開いた。

「あ、兄に確認してからにはなりますが……おそらく、可能かと」

「本当ですか？」

嬉しさのあまりツィツィーはエレナの両手を握りしめた。伏せがちだった彼女の目が大きく見開かれ、すぐに視線をそらされる。どうやら突然手を取られたことに驚いたようだ。ちょっと大げさだったかと、ツィツィーも慌てて手を離す。

「そ、それでは、着替えをお手伝いいたしますね……」

エレナはぎこちなく、ツィツィーが着ていた仮縫いの衣装に手をかける。すると廊下の方から何やら騒がしい声が聞こえてきた。

「陛下、本当に時間がないんですって！」

「分かっている。少し顔を出すだけだ」

どうやらガイゼルとヴァンのようだ。今日は来られないと聞いていたのに、とツィツィーは首を傾げる。次の瞬間——あろうことか隣の応接室ではなく、ツィツィーたちが今いる別室のドアが勢いよくバァンと開かれた。

「あっ！　陛下そっちは部屋が違——」

「どうせ中で続いているのだから一緒だ、……ろ……」

ツィツィーとガイゼルの視線が、ぴったりとぶつかった。

ガイゼルは普段の無表情のまま。

ツィツィーは肩までドレスを脱いだ状態で、ぽかんと呆気に取られている。

「……」

あまりのことで互いに声を失っており、見つめ合ったまま奇妙な沈黙だけが流れた。

やがてガイゼルの視線が、ツィツィーの顔から足元までを何度か往復し、再び顔に戻ってきたかと思うと、ぼんと音がしそうなほど耳まで赤面する。

「……す、まない」

「は、はい……」

何とかそれだけを絞り出すとガイゼルはじりじりと後退し、恐ろしいほど静かに扉を閉めた。ツィツィーが遅れて頬に朱を注いでいると、しばらくして廊下からドゴンと派手な破壊音が響く。遅れてヴァンの悲鳴が聞こえてきた。

「陛下ァー!?　何やってんですか!?　壁に穴開いてますよ！」

すぐにばたばたとした使用人たちの足音が近づいてきて、次いでどひゃーと仰天する彼らの声が上がる。ツィツィーは真っ赤になったまま、急いで着替えを再開した。


数日後。ガイゼルからも了承を得て、ツィツィーは工房に向かっていた。

私的な訪問にしたいと伝えていたのだが、仰々しい警護のついた大型の箱馬車をしっかりと用意されてしまい——迎えに来てくれたルカに、そろそろと頭を下げる。

「すみません、急なお願いを……」

「いえいいえ、わたくしどもの仕事ぶりを見ていただけるよい機会かと」

帝都を走ること数刻、ツィツィーたちはシュナイダー伯爵家へ到着した。

敷地内には立派な建物が二棟並んでおり、一方が普段生活している本邸、もう一方が工房だとルカが指さす。

ブルーアムから降り、ツィツィーたちが工房へと足を踏み入れると、整列していた職人たちが一斉に大きな礼をよこした。どうやら中は作業工程によっていくつかの部門に分かれているようで、ルカが慣れた様子で説明する。

「こちらで生地を裁断し、縫製室で縫い合わせていきます」

「す、すごいですね……」

最初に通された部屋では、パタンナーによって作られた型紙を生地に転写し、丁寧に切り抜く作業が行われていた。天井まで達する棚には、芯に巻かれた生地がみっちりと並んでおり、重量感のあるものから光沢のあるものまで実に多種に及んでいる。

隣の部屋ではミシンを前にした職人たちが、ものすごい速度で下縫いを進めていた。また機械では対応できないステッチや、細かい仕上げはすべて手作業となるそうだ。

「それが出来たら、今度は装飾を施しますが……皇妃殿下が当日着用される装身具や靴などと合わせながら、全体的なまとまりを確認していきます。ドレスが目立ちすぎても、地味すぎてもよくありません。主役である皇妃殿下ご自身を、最も美しく引き立たせるよう調整することが大切ですので」

奥に移動するにつれ、ドレスとしての完成形が見えてくる。繊細な刺繍はもちろん人の手によるもので、凝ったものであれば装飾だけで二カ月かかることもあるらしい。

　そうしてゆっくりと工房を見て回ったあと、少し休憩しましょうかとルカが本邸にある応接室に招き入れてくれた。用意された紅茶を飲んでいると、向かいのソファに腰かけたルカが目を細める。

「しかし……まさか皇妃殿下自らが、我々の仕事に関心を示されるとは思いもよりませんでした。ご不快なことはありませんでしたか？」

「いえ、初めて見るものばかりでとても勉強になりました」

「……皇妃殿下はお優しいのですね」

　ふ、と眼鏡の奥の目が鋭くなる。

「貴族の中には、我々のようなやり方を好まない者も多くおります。金儲けとは何ごとか、とね」

「……」

「ですがうちにはうちの戦い方がある。そのためなら、私は何でも利用しますよ」

　静かな――だが強い意志を含んだルカの言葉を聞きながら、ツィツィーは彼の来歴を思い出していた。

　ルカ・シュナイダー。両親を不慮の事故で亡くし、幼くして家督を継いだ不遇の伯爵。

身内は妹のエレナだけで、両親の遺産を頼りに生活を続けていた。一時は伯爵位の維持も危ぶまれたが、長じて手がけた紡績事業が大当たりし、莫大な財を成したとされている。

ガイゼルが戦の天才であるならば、さながら彼は商いの天才というところか。

軽い緊張感を持ったまま、ツィツィーはルカに尋ねた。

「あの、エレナもこの邸にいるんですか？」

「ええ。今呼びに行かせましょう」

すると数分もしないうちに、コン、と控えめなノックが響く。

「……失礼いたします」

相変わらずどこか怯えた様子のエレナは、ツィツィーの姿に気づくと慌てて深く頭を下げた。一気に緊張感が増し、ツィツィーは内心困惑する。

（エレナの本心を聞いてみたいとここまで来ましたが……と、とても、そんな雰囲気では……）

とりあえず、ルカがいる前では話もしづらいだろうとツィツィーは立ち上がった。

「あの私、こちらに来てから年の近いお友達がいなくて……良かったら、二人でお話ししたいのですが」

「で、でも、わたしなんかが……」

口ごもるエレナの一方、ルカは嬉しそうに微笑んだ。

「おや、これは光栄です皇妃殿下。妹は引きこもってばかりで、ほとんど遊びにも出かけなくて……ぜひゆっくりとおくつろぎください」

するとルカはさっさと席を立ってしまい、応接室には二人だけとなった。

兄の目がなくなったことで多少エレナの緊張が解けるかと期待したが――結果は、今まで以上に目が泳いでいる有様だ。

（こ、このままでは、話せる気がしません……）

しかし邸内のどこであっても息が詰まる気がして、ツィツィーは頭を悩ませる。だがすぐにひらめくと、エレナに向かって提案した。

「あの、良ければ……少しだけ街に出てみませんか？」


そうして二人が訪れたのは、貴族街にほど近い大通りだった。

街路を挟んで左右には様々な店舗が軒を連ねており、ツィツィーはぱあと顔をほころばせる。だが隣でうつむくエレナに気づき、はっと姿勢を正した。

「す、すみません、ついはしゃいでしまいました」

「い、いえ……皇妃殿下が楽しいのでしたら、全然……」

背後の護衛にも頭を下げつつ、ツィツィーたちはそれぞれの店を見て回る。

色鮮やかな生花を並べている花屋や、甘く香ばしい匂いを漂わせている菓子店。中には女性たちがずらりと列をなしている建物もあり、ツィツィーは興味深げに覗き込んだ。

「このお店は一体……」

「しょ、書店です……。たしか今日は、メディセイン先生の最新刊が発売されるとかで、それで……」

「メディセイン先生？」

「有名な恋愛小説家の方で……わたしも何冊か持っています……」

ここ最近、本といえば教科書か歴史書しか読んでいなかったツィツィーは、たまらず目を輝かせた。ラシーにいた時も、小説といった娯楽作品はなかなか手に入れることが出来ず、同じ本をページがぼろぼろになるまで繰り返し読み込んだものだ。

（で、でも私が並んだら、エレナにも護衛の方々にもご迷惑ですよね……）

ガイゼルがこの場にいたら、ツィツィーのために国内のあらゆる小説を王宮宛てに届けろなどと言い出すかもしれない――ツィツィーはそんな想像をしながら、後ろ髪を引かれるような思いで書店の前を通り過ぎる。

すると大通りの角にひときわ目を引くブティックが現れた。

「ここは……」

「……うちの工房から、商品を卸しているお店です」

エレナの言葉通り、街路に面したショーウインドーには華やかなドレスが飾られていた。

体のラインに添うシンプルなものから、虹色(にじいろ)の光を弾(はじ)く生地を何層も重ねてスカートに厚みを出したものなど、色とりどりの衣装が並んでいる。

「すごく、素敵ですね」

「……はい」

楽しそうに目を細めるツィツィーの隣で、エレナもまた少しだけ優しい眼差(まなざ)しを送っている。ところがエレナは何を思ったのか、そのまま窓ガラスに手を添えたかと思うと、無言でじっとドレスを凝視(ぎょうし)し始めた。

その瞬間、エレナの心の声がわずかに響き始める。

『この……もう……し……』

（……エレナ？）

よほど集中しているのか、ツィツィーが横にいるのも構わず、ひたすらドレスに注目していた。その光景に驚きながらも、ツィツィーは好機とばかりにより心の声が聞こえるよう、動きを変えて『受心』を試みる。

『……腰の幅を詰めてもいいかも……。色も一色じゃなくて……バイカラーにして……このオーガンジー、太陽光の下だと部屋で見た時より綺麗に発色してる……これなら下に濃い色の生地を入れても艶(あで)やかな感じに……』

（す、すごい……ドレスをより良く見せたいという思いが、伝わってきます……）

だが夢中になっていたことに気づいたのか、エレナははっと思考を止めた。同時に心の声も聞こえなくなり、二人は互いにきょとんとする。すると店の出入り口から、今しがた注文を終えたのだろう若い令嬢が、侍女と共に嬉しそうに出てきた。

「いよいよですね、お嬢様（じょうさま）」

「うん！　デビュタントは絶対にここのドレスで出たかったの。デザインがとっても素敵なのよ！」

「出来上がりましたら、また旦那様（だんなさま）方にもお見せしましょうね」

どうやら社交界デビューに使うドレスを仕立ててもらうようだ。隣に立つエレナの顔をこっそり見ると、今までにないほど幸せそうな表情をしており――エレナは本当にドレスを大切に思っているのだとツィツィーは確信する。

だからこそ、あんなにも簡単に「捨てた」と言われたことに、ツィツィーはどうしても納得（なっとく）ができなかった。

やがて令嬢たちがいなくなったあと、ツィツィーはエレナに声をかける。

「本当にドレスがお好きなんですね」

「え⁉　い、いえ、わたしは、別に……」

「ここに飾られているドレスを見ている時、とても嬉しそうでした。さっきの女の子に対してもそう」

その言葉にエレナはぱっと勢いよく顔を伏せた。ツィツィーは続けることにわずかに迷いを覚えたが、意を決して尋ねてみる。

「エレナ。もしかしてあなたは……自分でもドレスを作りたいのではありませんか？」

使い込まれた道具。手際のいい採寸。先ほど聞こえてきたドレスに対する深い見識。

そして宴の夜に聞こえた、自身を卑下するような心の声。

あれは彼女が自らの願いを封じるため、言い聞かせていた言葉ではないのか。

「わ、わたしは、その……」

「この国の貴族の方が労働――特に女性が働くことに対して、偏見を持つことは知っています。ですがルカ様という心強い味方もおりますし、私自身もとても素晴らしいことだと思います」

「皇妃殿下……」

「私の国でも勤めに出る女性はおりましたし、ここより北のイシリスの方も皆さん働かれています。もちろんこのヴェルシアでは事情も違うとは思いますが……私は女性が働くことに、何の支障もないと考えています」

優しく微笑むツィツィーを前に、エレナはしばし言葉を失っていた。その反応が想像以上に大きかったため、ツィツィーは途端に恥ずかしくなる。

「す、すみません、ペラペラと余計なことを……」

だが出会った時からずっと、エレナはどこか思いつめたような表情を浮かべていた。

それは宴の席でも、街を歩いていても変わらず――なのにドレスを見る時だけは、彼女はいつも真剣そのもので……ツィツィーはその理由をきちんと知りたかったのだ。

「あなたがやりたいと思うのであれば、私は心から応援します。ですからどうか、自分のしてみたいことを――」

しかしツィツィーが皆まで言う前に――エレナは突然、大粒の涙を零し始めた。

「違うんです……」

「え？」

予想もしない返答に、ツィツィーは目をしばたたかせる。だが聞き間違いではないとばかりに、エレナは茶色の瞳を潤ませながら口を開いた。

「もう、作っているんです……」

「ど、どういう意味ですか？」

ドレスを作りたい。だが貴族の令嬢が働くなんて許されない――そうした葛藤を想定していたツィツィーは、エレナの言葉に動揺が隠せなかった。だがその時ようやく、宴の夜に汚されたグラスグリーンのドレスを思い出す。

（もしかしてあれは……エレナが作ったもの……？）

その仮説を証明するかのごとく、エレナが衝撃の事実を吐き出した。

「――工房でデザイナーをしているのは……兄ではなく、わたし、なんです……」

（……どういうこと？）

この時ツィツィーはようやく――エレナの抱（かか）えていた闇（やみ）が、想像していた以上に深いものだと思い知らされるのだった。

シュナイダー邸に戻った二人は、エレナの伯爵令嬢らしからぬ自室にいた。

足元には歪な三角形に切られた端切れや、薄く透ける紙の断片などが散乱しており、デザインの本がぎっしりと並んだ本棚の脇には、トルソーと呼ばれる胴体部分だけのマネキンが置かれている。

「すみません……汚くて……」

「いえ全然。昔暮らしていた塔にも、たくさん物が置かれていたので」

「塔……？」

「あ、その、気にしないでください……」

ツィツィーが興味深くそれらを眺めていると、ソファに散らばっていた書物や布切れを片づけたエレナが、ツィツィーの座るところを整えた。

「とりあえず、あの、座ってください……」

「あ、ありがとうございます」

お茶の支度を手配してきます、と言ってエレナがいなくなり、ツィツィーはひとりぽつんと取り残される。するとテーブルの上に広げられた書類の中に、精緻なデッサン画が交ざっていることに気づいた。

（これは……）

それは、観月の宴でエレナが着ていたドレスだった。重なっていた紙には違うデザインが何着もスケッチされている。どれも洗練されたものばかりだ。

（このドレス、どこかで――）

「す、すみません！」

ツィツィーが記憶を手繰り寄せていると、いつの間にか戻ってきたエレナが奪い返すようにデザイン画をひったくった。その剣幕にツィツィーが驚いていると、エレナも取り乱したのを恥ずかしく思ったのか「あの、まだ途中のものも、あるので……」と真っ赤になる。

茶菓が並び、ようやく落ち着いて話せる状況になったところで、エレナが静かに口を開いた。

――きっかけは、兄の役に立ちたいという思いからだった。

まだ事業が軌道に乗る前。服飾の仕事に興味があったエレナは、自分にも何か出来ないかと見様見真似でドレスのデザインを始めたのだという。

数を重ねるごとにその練度は上がっていき、いつしか工房にいたデザイナーたちも舌を巻くほどになったそうだ。

「そのうち兄に『実際に仕立ててみては』と言われ、最初の一着を作りました……もちろん出来はさんざんだったのですが、その時から『服を作る楽しさ』に目覚めてしまったんです……」

エレナは寝食を忘れてのめり込んだ。指は刺し傷だらけになり、手肌は荒れてぼろぼろになったが、それでも自らの思い描いたドレスが少しずつ形になるのが嬉しくて、夢中になって縫い続けた。

「やがて『店に出してみよう』と兄から提案され、ようやくわたしの仕事が認められたのだと嬉しくなりました。誰かの手に取ってもらえるところが見たくて、さっきの店に毎日のように通って……でも、現実はそんなに甘くなかった……」

斬新なドレスは物珍しさもあり、多くの貴族が興味を持った。だがエレナがデザインしたことを伝えると、何故かみんな離れていってしまうのだ。

最初のうちはエレナも、まったく無名の自分が手がけたドレスなど、そう簡単に売れるはずはないと考えていた。だがある日、男性客の一人が『女のデザイナーなの？　じゃあいいや』と口にしているのを聞いてしまったのだという。

「まさか、と思いました。確かにデザイナー名を気にするお客様は多く、わたしの知る限りでは、この国に女性のデザイナーはいません。デザイナーは職人、それも男性の仕事であることが常識です。だからと言ってそれを理由に断られているなんて、想像もしていなかったんです……」

おまけにエレナがデザインしたドレスが店頭に出ていると、同じ貴族学校の令嬢たちに知られてしまった。彼女たちは貴族が――しかも女性が働いているなど恥ずべき行為だと嘲笑し、エレナを馬鹿にするようになった。先日のいじめの件もそれが原因だったようだ。

それでもエレナはドレスづくりを辞めなかった。あの客がたまたまそう言っただけ。デザインが気に入れば、きっと購入してくれる人がいるはずだと自身を励まし、もはや執念のように裁ち縫いを続けた。

そんなある日――ドレスが売れた、と一報が入った。

「本当に嬉しかった……！　女が作ったものであっても、頑張れば認めてもらえるのだと心の底から喜びました。ですが詳しく尋ねたところ……求められた方は、兄がデザインしたドレスだと思い込んでいたそうです」

「ルカ様がデザイナーだと勘違い……」

「はい。店が『シュナイダー家』という名前を出したところ、ならばデザイナーは兄だろ

う と早合点されたようで……。かといって訂正するのも忍びなく、その日からデザイナーの名前は伏せられるようになりました。……兄が言うには、わたしの作ったドレスにはちゃんと価値がある。ただ今の時代、女性のデザイナーというだけで忌避する人は多い。だから……と」

ルカは卸先や職人たちに緘口令を敷くと、工房のデザイナーが誰であるかをあえて言わないようにした。だが自分の名前を出さないくらいで何が変わるのか……とエレナは当初懐疑的だったという。

ところが正体を隠しただけで、今まで売れなかったドレスがそれこそ飛ぶようにさばけていった。おまけに先日の購入者から噂が漏れたのだろう。いつの間にか『謎のデザイナーはルカ・シュナイダーだ』という尾ひれがついてしまったのだ。

そんな勝手な思い込みから評判は広がり——いつしかエレナがデザインしたドレスは工房の主力商品となった。

「もちろん、兄や工房の職人たちの役に立てたことは本当に嬉しいんです。でも……最近ドレスを作れば作るだけ……どんどん、わたし自身にはなんの価値もないように思えて……」

作っているのはすべて自分なのに。どれも精魂込めたものなのに、男性がデザインしたという看板だけで人々はこぞって買い求める。その一方で彼女自身は評価すらされない。

その無力感は計り知れないことだろう。

　再び涙声になったエレナを前に、ツィツィーは静かに尋ねる。

「……このことを知っている方は、他にいないんですか？」

「古い職人は知っています。ですが、工房の存続にも関わることなので……」

「そう、なんですね……」

　どう声をかければいいか分からず、黙り込んでしまったツィツィーに向けて、エレナは諦めの言葉を続けた。

「すみません。皇妃殿下にこのような……。でもわたし……もうこんな気持ちを抱えたまま、ドレスを作る自信が……ないんです……」

「……エレナ……」

「申し訳、ございません……。……ずっと誰にも言えなくて……だから先ほどの皇妃殿下のお言葉に、本当に驚いてしまって……」

　それ以降は声にならなかった。やがて扉を叩く音がし、ツィツィーは迎えがきたことを知る。ツィツィーは寂しそうなエレナの顔に後ろ髪を引かれながらも、仕方なく彼女の部屋をあとにした。


　その夜、ツィツィーは寝室のベッドに座り読書に励んでいた。昨日まで視察に出ていたガイゼルが戻ってきたので、久しぶりに過ごす夫婦水入らずの時間だ。

だがガイゼルが上着を脱いでいる間もツィツィーは熱心に本を読み続け、キリの良いところでようやくパタンとページを閉じる。

「やっぱり、女性が働くのはおかしいことなんでしょうか……」

「なんだいきなり」

珍しく難しい顔をしているツィツィーを眺めながら、ガイゼルはベッドの端へと腰かけた。寝る準備を終えたラフな格好だ。

「いえ、その……同じ仕事をしていても、男性と女性というだけで、印象が変わってしまうというか……。変わった目で見られることがあると知りまして……」

「それは確かにあるな。ましてや貴族であれば、労働自体を厭う奴も多い」

「ですよね……」

母国ラシーは小さい国だったため、貴族であっても仕事をしている人間は多かった。王族であった姉たちもモデルなどに誘われていた気がする。

(ラシーだけじゃない。イシリスでも女性はみんな働いていました……そうしなければ、あの厳しい冬を越せないから……)

もちろん適材適所という言葉の通り、性差による向き不向きの仕事というものは存在する。だがエレナの才能は『女性』という理由で、無下にされるようなものではないはずだ。

何かを思い悩むツィツィーに気づいたのか、ガイゼルは軽く首を傾げた。

「働きたいのか？」

「あ、いえ、もちろん皇妃としての仕事は頑張るつもりです！　……ただ貴族であろうと女性であろうと、もっと自分の能力を生かして働くことが出来ればと……」

するとガイゼルは足を組み、何ごとか思量するように口元に手を当てる。

「それは、俺も考えていた」

「え？」

「今までは戦功さえ上げれば領土は拡大し国が潤った。だが俺の政治を進めるならば、どうしても地代の収入だけでは立ち行かなくなる貴族が増える」

領土がこれ以上広がらないのであれば、今以上の富は得られない。だが代を重ねるごとに遺産の相続などで土地は分割されていく。もちろん長男だけに承継させるという方法もあるが、リスクがないわけではない。

「それを補うには国内の経済を発展させ、事業を起こす――その魁として諸侯らが立ち上がるのが理想だが……今までの安逸を手放したくない奴ばかりだ」

「新しいことを始めるのは、大変ですものね……」

「ああ。……王宮の在り方自体も考えねばならん」

ガイゼルによると、今の官僚は各地方の有力な貴族たちから成っている。当主が直々に王宮入りする家や、次男・三男が着任する場合もあるが、そのすべてが男性で、女性は皆無なのだという。

ですが、とツィツィーは問い返した。

「女性が政治に関わっても、大丈夫なのでしょうか？」

「確かに今まで男だけで組織されていた以上、快く思わない連中は多いだろう。しかし有能な人材であれば、性差を問わず門戸を開くべきだと俺は思う」

ガイゼルのその言葉に、ツィツィーは遥か未来のヴェルシアを思い浮かべた。

行く末もっと産業が栄え、交易は進み、男性も女性も対等に働いている。街中は今以上に活気に溢れ、王宮で働く女性文官も現れて。領土の奪い合いや権利の略奪ではなく、互いの地域の文化や技術に価値を求め始める。

争いのない平和な世界――その理想の先に、生き生きと働くエレナの姿が浮かんだ。

（この国が変われば……エレナもまた自分の名前で、ドレスを作ることが出来るのかしら……）

だがツィツィーはすぐに肩を落とした。

ガイゼルの描く未来像は、ツィツィーにとっても理想である。しかしそれを達成するまでには、きっと長い年月がかかることだろう。多くの協力者、理解者も必要だ。今のヴェルシア貴族たちに訴えたところで、どれほどの賛同を得られるか……。

するとかげったツィツィーの表情に気づいたのか、ガイゼルがそっと頭に手を乗せてきた。まるで慰めるかのように撫でてくる。

「悪い。悩ませるつもりはなかった」

「い、いいえ！　もっと聞きたいです。……陛下がこの国を、どうしていきたいのか」

「……そうか」

また今度な、と微笑んだガイゼルは、ゆっくりと立ち上がると毛布をめくり、ツィツィーの隣へと体を滑り込ませた。

途端にガイゼルの体温が迫ってきて、ツィツィーは持っていた本でさりげなく顔を隠す。だが邪魔だと言わんばかりに、ガイゼルが本を引き抜いてしまい、ツィツィーは防御する術を失ってしまった。

そのまま抱き寄せられたかと思うと、ツィツィーはいつものようにガイゼルの腕の中にすっぽりと包まれてしまう。いい加減この体勢にも慣れたいところなのだが、黒髪越しの美貌を前にするとどうしても緊張してしまうのだ。

（せめて背中からなら、陛下のお顔を直視せずにすむんですが……）

ガイゼルはツィツィーの髪を愛おしむように撫でていたが、やがて「そういえば」と呟いた。

「工房はどうだった」

「とても楽しかったです。興味深いものばかりで」

「それは良かった。だが、どうして急に視察したいと言い出したんだ？」

「そ、それはその、ドレスが出来るところを見てみたくて……」

　実際はエレナを心配しての口実なのだが、ガイゼルはそんなこととは露知らず、じいっとこちらを見つめている。やがて小さな心の声が聞こえてきた。

『こんなことで嫉妬する男と思われたくないから、渋々訪問を許可したが……シュナイダー卿はまだ独身だったはずだ。万が一ということがなくもない。しかし何もなかったかと聞くのも夫としてどうなんだ？　器の小さい男だとツィツィーに思われるのは、絶対に嫌だ……』

（もしかして、やきもち……？）

　まさかあのガイゼルが、とツィツィーは思わず口元を緩めてしまった。それに気づいたガイゼルは目つきを一瞬で鋭くしたかと思うと、回していた腕にぐっと強く力を込める。

「ガ、ガイゼル様!?」

「何を笑っている」

「わ、笑ってないです！」

　少しずつ頬を染めていくツィツィーを見ながら、ガイゼルはふうんと目を細めた。やがてわざとらしく睫毛を伏せると、ツィツィーの顎を上向かせ、そのまま唇を落としてくる。

（――ん、）

ツィツィーは、ガイゼルの厚い胸板と唇に拘束された。

やがてツィツィーが抵抗しなくなったのを見て、ようやくガイゼルが体を離す。満足げに口角を上げている一方で、組み敷かれたツィツィーは上気した顔で涙目のままガイゼルを睨みつけた。

「ガ、ガイゼル様……苦しいです」

「仕置きだ」

そう言い捨てるとガイゼルは一笑し、再びツィツィーを腕の中に抱き寄せた。

すっかり機嫌を戻したガイゼルを上目遣いで観察していたツィツィーは、せめてもの反抗とばかりに彼の前髪を指先でえいと引っ張る。

「――っ」

ガイゼルはわずかに眉をひそめたかと思うと、普段の冷たい表情へと顔を戻した。

怒らせたのだろうか、とツィツィーが慄いていると、ガイゼルの押し殺した心の声が響いてくる。

『あーだめだ。何をされても可愛い。愛らしい子猫がじゃれているようだ……。前世は天使だったのか？　いや今も天使なんだが……。もう無理だ……やはりあのドレスのままでもいいから式を挙げておけば、こんな我慢をする必要もなかったものを……。このままでは俺が先に天に召されそうだ……』

（ドレスって……もしかして仮縫いの試着のことでしょうか？）

まさかあの一瞬で、結婚式の幻覚まで見ていたとは。

するとようやく葛藤から抜け出したのか、ガイゼルがふわっと笑みを浮かべた。珍しくどこか穏やかで無邪気な微笑みに――ツィツィーは逆に戦慄する。

（なんだか……嫌な予感が……）

やがてガイゼルの唇から、脅しにも似た言葉が発された。

「どうした？　――足りなかったか」

「い、いいえ！　違います陛下！　けしてそういうわけではなくて、あの――」

ガイゼルだ、というお決まりのセリフのあと、ツィツィーは再びガイゼルの腕の中に強く抱きしめられたのだった。

だが数日後、事態は急展開した。

「ルカ様が事故に⁉」

「は、はい……地方に糸の買いつけに行っていた帰りだそうです。幸い命に別条はないようですが……」

リジーからの報告に、ツィツィーは顔から血の気が引いていくのが分かった。すぐにエレナのことが頭をよぎり、慌てて ガイゼルへの言伝と馬車の手配を頼む。ツィツィーは逸る気持ちを抑えるようにしてシュナイダー家へと急いだ。

皇妃殿下の突然の来訪に、使用人たちはたいそう驚いたものの、すぐにルカの部屋へと案内してくれた。中に入ると、ベッドに横たわるルカと付き添うエレナの姿がある。

「ルカ様、お加減はどうですか？」

「これは皇妃殿下。わざわざお越しくださるとは、お心遣い痛み入ります」

「いきなり押しかけて申し訳ございません。それで、お怪我の具合は……」

するとルカは何重にも包帯の巻かれた腕を持ち上げた。もう一方の手のひらにも処置の跡があり、足にも添え木が当てられている。

「どうやら悪運が強かったのか、致命傷には至りませんでした。不幸中の幸いですね」

「ご無事で本当に良かったです。ですが、その手では……」

「ええ。仕事になりませんね」

ははは、と穏やかに目を細めるルカに対し、近くに座っていたエレナは顔を真っ青にして震えていた。ツィツィーはそっと歩み寄ると、彼女の背中に手を添える。

「エレナ……」

「皇妃殿下……すみません、わたしが、しっかりしないといけないのに……」

小さく震えるエレナにそれ以上言葉をかけることが出来ず、ツィツィーは彼女を落ち着かせようと何度も彼女の背を撫でた。すると扉の向こうから、何人かの職人が顔を覗かせる。

「すみません、こんな時に申し訳ないのですが……」

「うちも、仕上げに入っている服の検品をお願いできればと」

どうやらルカが動けなくなったことで、工房内の仕事が滞っているようだ。口頭ですむものにはルカが対応するものの、指示を仰がんとする職人の数はなおも増えていく。さすがに処理できないと判断したのか、ルカは皆にいったん外に出るよう伝えた。

蒼白になっているエレナに向けて、静かに口を開く。

「分かっただろう、エレナ。もうお前にしか出来ないんだ。頼むから、彼らに指示を出してくれ」

「だから無理よ！　だってわたしは……わたしでは……」

「このままでは納品が間に合わない。依頼されていたものも仕上がらない。……お客様を悲しませることになる」

「でも……」

いよいよ限界が来たのか、エレナはぼろぼろと涙を零し始めた。なおも震える肩をツィツィーが撫でていると、発露しきれない強い心の声が次々と飛び込んでくる。

『絶対に無理!!　わたしが工房を動かすなんて……！』

『怖い！　嫌、いや！　だって、誰もわたしを必要とはしなかった!!』

『わたしにそんな力なんて……』

（っ……）

エレナの強い慟哭がツィツィーの心に無遠慮に突き刺さり、頭の中がぎりぎりと締めつけられた。全身を襲う不快感を懸命に堪えながら、ツィツィーはエレナの前にしゃがみ込む。そのまま握りすぎて白くなっているエレナの両手を、優しくそっと包み込んだ。

「エレナ、落ち着いてください。大丈夫ですから」

「ですが、わたしには……」

俯き、声を濁らせるエレナの姿を、ツィツィーも沈痛な思いで見つめる。

だがぐわんぐわんと広がる千々に乱れた騒めきの中――かすかに呟かれた心の声を、ツィツィーは聞き逃さなかった。

『――でもこのままじゃ……ドレスを待っている人たちはどうなるの？』

それはエレナの、職人としての矜持。

もちろん恐怖や不安の嵐が収まったわけではない。だがわずかに浮かんだ疑問は、一つ、また一つと新しい問いかけをエレナにもたらす。

『やっぱり無理だわ。わたしがドレスを作ったところで、きっとまた……』

『──じゃあわたしは一体今まで、何のためにドレスを作ってきたの？』

『だってお兄様がいないと、わたしなんて……』

『──でも、わたしは……わたしの作ったドレスを誰かに着てほしい……。そのために今までずっと、デザインを続けてきたんじゃないの？』

（エレナ……）

やがてツィツィーは覚悟を決めた。

静かに息を吐き出すと、エレナに向かって真っ直ぐに語りかける。

「……怖いと思う気持ちは当たり前です。でもあなただって、このままではいけないと分かっているのではないですか？」

「皇妃、殿下……」

「以前二人で出かけた時、デビュタントでここのドレスが着たいと言っていた女の子がいましたよね？　あの子が悲しむようなことになってもいいんですか」

「それは……」

だがエレナはなおも涙を零しながら、ぶんぶんと首を振った。

「で、でも、やっぱりだめです……結局わたしは、兄がいないと……」

「いいえ。ルカ様はもう関係ありません」

エレナの手をとるツィツィーの力が、思わず強くなる。

「部屋で見せていただいたデザイン画。……あれと同じドレスを着ていた女性を、先日のパーティーで何人も見かけました。皆さまとても誇らしげな顔で……すごく幸せそうでした」

その中には、エレナをいじめていた令嬢の姿もあったはずだ。

彼女たちはそれとは知らずにエレナの作ったドレスを愛し身にまとっている。この衣装は美しい、他にはないと褒めたたえる。ドレスに与えられた賛美——それこそが、エレナに対する評価そのものではないか。

「確かに最初の一歩は、お兄様の名前を借りたのかもしれません。ですがあなたのドレスはもうとっくに、たくさんの女性を魅了しているんです」

「……でも、わたし……」

「あなたになら出来ます。あなたは今までずっと、たった一人で、頑張ってドレスを作ってきた。それだけは間違いないはずです」

祈りを込めるように、ツィツィーはエレナの手をぎゅっと握りしめた。今なお小さく震えていたエレナだったが、しばらくの沈黙を経てようやく顔を上げる。長い前髪の隙間から、艶々と濡れた茶色の瞳が輝いた。

先ほどまでの不安は姿を消し、そこにわずかな意思の光が宿る。

「わたし……出来るでしょうか……」

「はい。あなたなら、きっと」

「……」

やがて最後の瞬きで、エレナの眦から涙が途切れた。ツィツィーの手を握り返したかと思うと、静かにその場に立ち上がる。扉を開け、工房の職人たちの前に歩み出ると、かすかに震える声で告げた。

「――今日から、わたしが兄に代わって指示を出します」

「お、お嬢様が、ですか?」

「兄がしていた仕事は、すべてわたしも把握しています。皆さんは工房に戻ってすぐに準備を」

突然のことに、職人たちは一瞬戸惑っているようだった。

だが普段のおどおどとした様子を必死に抑え、毅然とした表情で指示を出すエレナの姿に、すぐさま工房に駆け戻っていく。慌ただしく散った職人たちを見て、エレナはこちらを振り返った。

「ありがとうございます、皇妃殿下」

「エレナ……」

「出来る限り……やってみます」

そう言うとエレナは、深々と頭を下げたあと、自らも階下へと下りていった。

その光景を頼もしく見送っていたツィツィーの背後で、「ありがとうございます」とルカの声が聞こえる。

「おかげで妹も、覚悟がついたようです」

「い、いいえ、私は何も……それよりも、あの」

「デザイナーの正体の件なら、エレナから聞いています。皇妃殿下に打ち明けたと」

するとルカは傷ついた体をなんとか起こし、ツィツィーに向かって頭を下げた。

「私からもお礼を申し上げます」

「ル、ルカ様!?　あまりご無理は」

「言わせてください。あの子を勇気づけてくださったこと、本当に感謝いたします」

そうしてルカは、エレナがドレスを作り始めた日のことを語ってくれた。

「――エレナの作品は、どれも素晴らしいものでした。当時の私もこれならば間違いなく人気が出ると信じて疑わなかった。でも、実際にお客様から突きつけられたのは、あの子の実力とはなんら関係のない『性別』という問題でした……」

もちろん最初はルカも、そんなことは関係ないと説いて回った。だが女性のデザイナーという未知の存在に好意的な貴族はおらず、途方に暮れていたのだという。

「そんなある日、エレナのドレスが購入されたと聞き、私は喜んでご自宅にお届けに上がりました。どうやら流行りの店だと娘さんから聞いて、わざわざ足を運んでくださったらしく……。ですがそこでお客様に『本当は君がデザイナーなんだろう？』と言われたのです」

ルカは必死に事情を説明した。

だが思い込んだ貴族の考えを、払しょくすることは出来なかったそうだ。

「結局何度否定しても、その方は私がデザイナーだと信じて疑わなかった。女性がデザイナーなどあり得ない、とも。……あの日私は、このままのやり方ではだめだと痛感しました。あの子の才能をこの国に広めるためには、正攻法では無理だと」

「それで、デザイナーの正体を秘密に……？」

「はい。現金なもので『女性』の手による品であることを伏せるだけで、ドレスは瞬く間に人気を博しました。……性別なんて、あの子が作るドレスの魅力の前では何の意味もないというのに」

一着売れ、二着目が売れ、それが評判を呼んで次々と注文が舞い込んだ。

いつの間にか『ルカがデザイナーではないか』という噂がまことしやかに囁かれるようにもなったが、ルカは否定も肯定もしなかったという。

「私は……知ってほしかった。エレナが作るドレスの素晴らしさを。そのために噂を利用したんです」

「ルカ様……それは……」

「結果は皇妃殿下がおっしゃったとおりです。あの子のドレスは見事、この国に歓迎された。高貴な淑女たちがいまやこぞって身にまとっている。ここまで社交界で評判となれば、今更『女性』だからという理由で厭われることはないと自信を持って言えます」

やがてルカは寂しそうに微笑んだ。

「ですが先日……皇妃殿下に真実を告白してしまったと、エレナが泣きながら訴えてきた時……」

エレナは「もうこれ以上、自分にはドレスが作れない」と本音を吐露した。

それを見たルカは——自分の浅はかさが、ここまでエレナを追いつめていたのかと瞑目したそうだ。

「……いつかは明らかにするつもりでした。長い間、あの子を苦しめることになってしまいましたが……皇妃殿下のおかげで、ようやくその時が来たと思ったのです」

「では、今後は……」

「もちろんあの子には、きちんとしかるべき場所を用意しています。今度立ち上げるブランド……『Ciel・Etoile』はそのために考えたものなんです」

「エレナのため、ですか？」

「はい。新生ブランドの発表と同時に、私は今までの工房のドレスデザインはすべてエレナ・シュナイダーのものだったと公表するつもりです。そうして今後は、あの子自身の名前で自由にドレスを作れるようにしてあげたい」

すでに貴族たちの間に浸透しているシュナイダーのブランドだ。ここまで絶賛する声が広がれば、『デザイナーが女性だった』というだけで毛嫌いしていた人々も、その価値を認めざるを得ないだろう。

「それは素晴らしいと思いますが……ルカ様はどうなるんですか？」

「代表の任を外れるので、若いですが隠居といいますか。紡績の方も若い役員が台頭していますので、彼らに任せるつもりです」

「こ、工房は？」

「もちろんエレナに譲りますよ。正直なところ、私もそこだけが不安でした。……しかし先ほどの姿を見て確信しました。あの子ならきっと大丈夫です」

やがてルカはツィツィーに向かって頭を下げる。

「つきましては皇妃殿下、どうかお願いがあるのですが」

「は、はい」

「今度お作りするウエディングドレス。こちらを『Ciel・Etoile』立ち上げの第一作として発表させていただけないでしょうか？」

それを聞いたツィツィーは何度か瞬いたあと、すぐに微笑んだ。

「もちろんです。ぜひ、そうしてください」

「ありがとうございます。……実は、それを狙って今回の依頼を受けた下心もありまして」

「と、いいますと……」

「鮮烈なデビューには、ふさわしい舞台と話題が必要です。その点、皇妃殿下の婚礼衣装ともなれば申し分ない。……あの子の心を守ってやれなかった情けない兄ですが、せめて門出にそれくらいはしてやりたいのです」

そう言うとルカはすぐにいつもの冷静な顔つきに戻り、慣れた仕草で眼鏡を押し上げた。

だがその表情にはどこか優しさが宿っており、ツィツィーもつられて笑みを零す。

するとその直後、階下からけたたましい物音と、使用人たちの悲鳴が聞こえてきた。

（な、何でしょう⁉　まさかエレナに何か……）

だがツィツィーの推測は外れ、荒々しく部屋の扉が開かれた。ぎょっとするツィツィーたちの目の前に、息を切らせたガイゼルが現れる。

「へ、陛下⁉　どうしてこちらに⁉」

「お前が……シュナイダー卿に会いに行くというから、何ごとかと……」

そこでツィツィーはようやく『ルカ様が怪我をしたのでお見舞いに行きます』と言伝を頼んだことを思い出した。確かにそれだけでは、まるでルカを心配して駆けつけたように誤解されても仕方がない。

「も、申し訳ございません陛下！　兄君が怪我をされたとなったら、エレナも大変だったのではないかと心配で、つい気が急いてしまいました」

「エレナ？　妹君のことか？」

「は、はい。すみません、言葉が足りず……でもご兄妹とも、もう大丈夫だと思います」

「そうか……ならばいいが」

『驚いた……確かにやり手の兄が怪我をしたとなれば、妹の心労は計り知れないだろう。そこに気づくツィツィーの優しさも慮れぬまま俺は……てっきり本当に、シュナイダー卿と親しくなりすぎているのかと勘違いを……くそっ、なんて情けないんだ……』

（へ、陛下……だからこんなに慌てて……）

　ようやく納得したのか、ガイゼルははあと息を吐き出すと、矢も楯もたまらず駆けつけた理由など、微塵も悟らせないような態度でルカに向き合った。

「シュナイダー卿。傷の具合は？」

「まさか陛下にまでお越しいただけるなど、大変な栄誉でございます。幸い見た目が大げさなだけで、大した怪我ではありません」

　二人をどこか楽しげに眺めていたルカは、そんな様子をおくびにも出さず礼を述べる。そして一度口を固く引き結ぶと、ガイゼルに改めて頭を下げた。

「陛下——ご足労いただいた上に大変恐縮なお願いですが……後日あの件で、お時間を頂戴できればと存じます」

「……分かった。いつでも言え」

短いやりとりのあと、ツィツィーたちはシュナイダー邸をあとにした。工房のエレナの様子も確認したかったが、今行っても邪魔になってしまうだろう。

(でもエレナなら、きっと大丈夫だわ……)

ガイゼルと共に箱馬車(ブルーアム)に乗り込むと、ゆっくりと王宮へ向けて車輪が回り始める。やがて揺(ゆ)れが安定した頃(ころ)、ツィツィーは改めてルカからもらった『Ciel・Etoile』のカードを見つめた。

(エレナが手がけるウエディングドレス……きっと素敵(すてき)なものになるわ)

ふふっと微笑むツィツィーが気になったのか、ガイゼルが訝(いぶか)しむように眉(まゆ)を寄せた。

「どうした?」

「い、いえ! その……結婚式、楽しみですね」

「……ああ」

その言葉にまんざらでもなかったのか、ガイゼルもわずかに口角を上げた。その柔(やわ)らかい雰囲気(ふんいき)が嬉しくて、ツィツィーもまた目を細める。

すると小石に乗り上げたのか、車体ががたんと大きく揺れた。ツィツィーはきゃっと小さく悲鳴をあげたかと思うと、どさっとガイゼルに寄りかかってしまう。

「す、すみません陛下! し、失礼を……」

だがガイゼルはツィツィーを助け起こすでもなく、そのまま片腕でぐいと自身の方に引き寄せた。頬がガイゼルの胸元に押しつけられる形となり、ツィツィーはじわじわと赤面する。

「あ、あの、陛下、これは……」

「ガイゼルだ」

おずおずと顔を上げるが、ガイゼルは窓枠に片肘をついたまま平然としており、ツィツィーはきょとんと目をしばたたかせる。すると苦悩する心の声が聞こえてきた。

『俺だって今すぐにでも式を挙げたい……いっそこのまま教会に連れていくか？　いや、それではツィツィーの花嫁姿が見られないからな……。それにしても相変わらず小さいな……このまま抱きかかえて膝の上に乗せるか……』

（そ、それはちょっと、恥ずかしいような……）

『……いや、さすがにまずいか。だがこんな時間に二人きりでいられるのは久しぶりだからな……せめて王宮に戻るまでは、いちばん近くでツィツィーを感じていたい……』

（ガイゼル様……）

相変わらずそっけない態度のガイゼルに、ツィツィーは勇気を出して体を近づける。ガイゼルもそれに気づいたのか、抱き寄せる腕にもう少しだけ力を込めたのだった。

シュナイダー家の騒動から数日後、ツィツィーは儀典長に呼ばれて応接室へと顔を出した。中にはガイゼルの姿もあり、ツィツィーがそろそろと隣に腰かけたところで、正面にいた儀典長が嬉しそうに口を開く。

「ご機嫌麗しゅう、妃殿下。本日はティアラについてのご相談に参りました」

（そういえば、ドレスと同じくらい大切だと……）

秋に執り行われる予定の結婚式。

その中でも特に重要なのがティアラの戴冠だ。

豪奢な宝石をふんだんにあしらったティアラを、皇帝から妻となる皇妃の頭上に掲げる儀式。ヴェルシアの主たる威厳の光を最愛の女性に分け与えることで、互いの幸せとその子らである国民たちの幸福を願う、という意味があるそうだ。

「つきましては、ティアラに使用する宝石についてご希望をお聞きできればと」

そう言うと儀典長は、数枚の紙をツィツィーとガイゼルの前に並べた。どうやら中央に据える宝石の鑑別書のようだ。それぞれ絵師による着色済みのデッサンがついており、産出国やカラット、硬さや劈開性などの情報が記載されている。

「やはり妃殿下が身に着けるとあらば、ヴェルシアの権威を誇るものでなければと思いまして。こちらにご用意しましたのは、どれも選び抜かれた最高品質の石ばかりでございます。お二人の好みの色や見目でお決めいただければと」

「は、はあ……」

言われるまま、資料を一枚ずつ手に取る。

完熟した果実のような、ピジョンブラッド・ルビー。清流をそのまま押し固めたような瑞々しさのアトラシア・トルマリン。もちろんピンク・ダイヤモンド、カナリー・ダイヤモンドといった宝石の王様、ダイヤモンドも多く名を連ねている。

意識の高い貴婦人であれば、やれデザイン画が先だとか、他の誰ともかぶらないものをといったこだわりもあるのだろうが、いかんせんツィツィーは、母国で虐げられていたという過去がある。高価な宝石を身に着けた経験も、当然数えるほどしかない。

（一体どれがいいのかしら……私としてはあまり高くない方が、気持ちの上で楽なんですが……）

だがおそらく、どれを選んでも目玉が飛び出るような価格であることは間違いない。むしろ一般の市場には出ることのない逸品だろう。

助けを求めるようにちらりとガイゼルを覗き見ると、彼はソファのアームに肘を乗せたまま、どこか冷ややかな視線を机上へ向けていた。それを見た儀典長は「何か非礼を働いてしまったのだろうか……」と青ざめている。

だがそんなガイゼルの振る舞いは、心の声が聞こえているツィツィーにとっては、まったく逆の状態にしか見えなかった。

『ふむ……ツィツィーの無垢な愛らしさを表現するにはダイヤモンドしかないと思っていたが、あっちのアトラシア・トルマリンの空色はまるでツィツィーの瞳をそのまま映し込んだかのようではないか……それに俺が贈った指輪との相性もいい。ティアラと揃えばさぞかし美しいに違いない。はあー見たい。すごく見たい。いっそ三つほど作らせるか？まあいちばんはツィツィーの望むものでなければな……しかしツィツィーが身に着けたら、どれも宝石の方が見劣りするのではないか？』

（……陛下……私より熱心なのでは……）

おまけに褒めすぎである。

そんなこととは露知らず、終始眉間に皺を寄せているガイゼルの様子に、ついに儀典長が冷や汗をかき始めた。まずい。場の空気を変えなければ、とツィツィーは努めて明るくガイゼルに問いかける。

「へ、陛下はどの宝石が良いと思われますか？」

「………身に着けるのはお前だ。好きなものを選べ」

はあ、とついた重たいため息に、儀典長はさらにびくりと体を強張らせた。

確かに傍からガイゼルを見れば、興味のない宝石選びに時間を取られて煩わしい、という無言の圧を漂わせている。しかしその実態は――『なんなら全部の宝石をつけても良いのでは？』と言いたいのを、ぐっと堪えた沈黙であった。

（陛下にお任せしていたら、大変なことになってしまいそうだわ……）

アドバイスは諦めて、ツィツィーは改めて資料を最初からめくっていく。そのうちの一枚を見て、思わず手を止めた。

「あの、この石も良いんでしょうか？」

「！　ええ、ええ、もちろんでございます。こちらは『レヴァナイト』と呼ばれる宝石ですね」

レヴァナイト――初めて聞く名前にツィツィーは胸を躍らせた。鑑別書には深い青紫色の石が描かれており、とりわけ輝いている印象はない。煌びやかな他の宝石と比べると、比較的地味な色合いともいえる。

だがその重厚で神秘的な雰囲気に、ツィツィーはたまらなく心を惹かれた。

それに何よりも――

「東の鉱山町レヴァリアにしか出ない貴石で、名前の意味は『レヴァリアの夜』とのことです」

「レヴァリアの夜……」

なるほど『夜』と呼ばれる名の通り、その色合いは太陽が沈み切ったあとの星空の色だ。ガイゼルもツィツィーの選んだ石の鑑別書に目を通す。

「これでいいのか？　もっと華やかな色味のものもあるだろう」

「いえ、これが良いです」

ツィツィーはまだ見ぬ本物のレヴァナイトを思い描くと、嬉しそうに微笑む。

「……大好きな陛下の瞳の色にいちばん近いので……」

するとそれを聞いた儀典長が、ほうと驚いたような感嘆を漏らしたかと思うと、にこにこと笑みをたたえた。その様子にはっとしたツィツィーは、慌ててガイゼルの方を振り返る。当のガイゼルは睨むでも怒るでもなく、ただ自らの顔を片手で覆っていた。

だが瞬く間に決壊した心の声が、矢継ぎ早に流れ込む。

『待て。落ち着け。言葉の綾だ。大好きなのは俺ではなく俺の瞳の色だ。いやそれでも十分嬉しいんだが。（大好きな陛下……）それにしたってそんな可愛い基準で宝石を選ぶ奴があるか？　いやここにいる！　（大好きな陛下……）やめろ、やめてくれ！　俺の心が爆発寸前なんだが!?　いっそいちばん高価な貴石とか、ここにある全部とか言ってもらった方がまだ傷は浅かった気がする……。（大好きな陛下……）まさかこんな斜め上から突然殴られるとは……ダメだ苦しい……』

（な、殴られたとは……どういうことでしょう……？）

あまりの速さと多重音声に、途中途中聞き取ることが出来なかった。もしや好みではなかったのだろうか、とツィツィーは恐る恐るガイゼルに確認する。

「へ、陛下？　いかがでしょうか……」

「――お前が好きなものでいいと言ったはずだ」

ようやく手を離し、隠していた顔を露わにしたガイゼルは、普段と変わらない冷静な様子だった。だが心なしか頬が赤くなっており、それを気取られないようにか儀典長に素早く指示を出す。

「ではこの石で手配を頼む」

「かしこまりました。二週間ほどで届くかと存じますので、取り寄せましたらまた御前にお持ちいたします。その際に改めて現物を確認していただければと」


そして半月後。

儀典長の言葉通り『ティアラに使う宝石が到着した』という知らせがツィツィーの元に入った。ガイゼルは地方の視察があるため、この日は朝早くに出立している。ツィツィーは「今日は一人でしっかり話を進めねば」と本邸応接室に向かった。

だが中に入ると儀典長の他に、見知った姿がもう一人。

「ヴァン様！　どうしてこちらに？」

「陛下から指示がありまして。本日の打ち合わせは、皇妃殿下の良きように計らえとの厳命をいただいております。要は陛下の代理と申しますか」

「代理、ですか？」

「はい。準備の段階で、この国での儀式や慣例など、何か分からないことがあればご相談いただければと」

どうやらガイゼルが己の不在を気にして、信頼のおけるヴァンを寄こしてくれたようだ。確かに馴染みのある相手が同席してくれた方が、気兼ねなくいろいろ話せるとツィツィーも安堵する。

やがて正面に座っていた儀典長が、立派な布張りの箱を恭しく開いた。

「お待たせいたしました妃殿下。こちらが『レヴァナイト』でございます」

「わあ……！」

その瞬間、ツィツィーは思わず嘆息を漏らした。

深紅のベルベット地の中央に鎮座する大粒の宝石。夏の夜空とも冬の海ともとれる濃い青にわずかに混じる紫色。その色合いは想像以上にガイゼルの瞳の色に似ていた。完璧なオーバルにカットされた切子面は、光の加減によって紫や白、金といった直線的な煌めきに溢れている。

「いやはや、解説図ではいささか控えめすぎるのではと心配いたしましたが、現物は実に見事な色合いで……。これでしたらきっと、陛下にもご満足いただけるものに仕上がるのではと」

「はい……本当に綺麗ですね……」

あまりに見事な美の結晶に、ツィツィーは言葉を忘れてしばし見入っていた。美しいものには力があるというが、このレヴァナイトという宝石は、本当に人の心を惹きつけてやまない桁違いの魅力を秘めている。

儀典長とヴァンの二人もツィツィーと同じ気持ちだったらしく、うっとりとその輝きに見惚れていた。だがすぐに咳ばらいをした儀典長が、資料を手に読み上げる。

「それではこちらを元に、デザイン画を作成いたします。何か意匠などにご希望はおありでしょうか？」

「す、すみません、詳しくないもので……出来ればあまり派手ではないものだと嬉しいです」

「分かりました。伝えておきましょう」

どうやら図案はすでにいくつか出されているらしく、数日中に候補を持ってくるとのことだった。儀典長が再び得意げに蓋を閉めると、レヴァナイトの輝きは箱の中に封じ込められ、同時に場の緊張の糸がふっと切れる。

「それではこちらは、一旦王宮の金庫へと移動させておきます。また詳細を決める時にはお持ちいたしますので」

よろしくお願いします、と儀典長を労ったあと、ツィツィーは傍らにいたヴァンへと視線を向けた。

「そういえば陛下は、出先からいつ頃戻られるのですか？」

「今日の夕方には帰ると仰せでした。無理をせず宿泊されてはと申し上げたのですが……出来るだけ早く本邸に戻りたい、と一蹴されまして」

愛されていますね、と嬉しそうに眉尻を下げるヴァンを見て、ツィツィーもまた喜びを噛みしめるようにはにかんだ。


その後、午後の勉強を終えたツィツィーは、傾き始めた太陽を窓越しに見つめていた。遠くの山の端が赤金色に色づいており、室内に差し込む光もどこか暖かい。

（そろそろ陛下がお帰りになられる頃かしら……）

ツィツィーは手にしていた本に視線を戻したが、すぐにまた窓の方を眺めた。はっと気づいてページに目を落とすが、小さな物音が一つするたび、ガイゼル帰着の知らせかとつい顔を上げてしまう。やがて諦めたようにため息をついた。

（だめだわ……集中出来そうにない）

仕方ないとツィツィーは本を閉じて脇に置くと、静かに立ち上がった。自室を出て、ガイゼルが最初に顔を出すであろう一階の玄関ホールへと向かう。すると廊下の向かいからヴァンがこちらへ歩いてくるのが見え、ツィツィーは小さく駆け寄った。

「ヴァン様、陛下が戻られたのですか？」

「……いえ、まだ」

うつろなヴァンの返事に、ツィツィーは首を傾げる。

歩き方もどことなくおかしく、ツィツィーはそっとヴァンに手を伸ばした。

「大丈夫ですか？　もしかして体調が悪いのでは……」

「ツィツィー、様……」

「……ヴァン様？」

顔を上げたヴァンは灰青の目でツィツィーをじっと注視した。普段の穏やかな態度は一切なく、まるで熱に浮かされたような雰囲気だ。ヴァンの瞳の奥でくすぶる何かを感じ取ったツィツィーは、ぞわりとした恐怖に襲われる。

（ヴァン様――では、ない？　この感じ……）

心の声が聞こえるわけではない。だが明らかに乱れた虫の羽音のような幻聴に、ツィツィーはたまらず一歩後ずさる。するとヴァンもまた、ツィツィーを追い求めるように距離を詰めた。

「すみま、せん……でも、俺……」

「え？」

ツィツィーが問い返したと同時に、ヴァンは強く頭を振った。再び顔を上げると、泣くのを堪えているような切ない表情に変わっている。

ヴァンは何度も「違う、違うんです」と否定しつつも、ツィツィーの両肩を摑んだ。そのまま廊下の壁際に追いやられ、ツィツィーは身動きが取れなくなってしまう。

「ダメなんです……俺は、陛下を裏切りたくない……だけど……」

「ヴァン様、しっかりしてください！　一体どうしたというのですか？」

「ツィツィー、俺は、あなたのことが……」

だがその言葉の先は、脇から伸びてきた刃によって遮られた。

「……っ⁉」

二人して目を剝く中、長剣の刃先が静かにヴァンの喉元に添えられる。

ツィツィーが顔を上げると、地獄からの使者も裸足で逃げ出しそうなくらい恐ろしい顔をしたガイゼルが、ヴァンの背後に立っていた。

「――ここで何をしている？」

ヴァンも硬直したまま視線だけを後ろに向ける。

彼の頸動脈には、今なお鋭利な切っ先が突きつけられており、一瞬たりとも気を抜くことは許されない。その状態のまま、ガイゼルは静かに口を開いた。

「ツィツィー。こちらに」

ヴァンの脇をすり抜けるようにして、ツィツィーはガイゼルの背中に隠れる。ヴァンは降伏を示すように、両手を半端に上げた。

ガイゼルは長剣をしまうと、ヴァンに向けて「ゆっくりとこちらを向け。不審な行動をしたら叩き斬る」と告げた。命の危機がまだ去っていないと察したのか、ヴァンは小さく震えながら向き直る。

するとガイゼルは長い足を持ち上げ、ヴァンの動きを封じるように後ろの壁にドンと靴裏をつけた。その体勢は恋愛小説によくある、男性が女性を囲うシーンに似ていたが、一歩間違えば壁ドンどころか壁ごと蹴り壊しそうな緊迫感がある。

「ヴァン・アルトランゼ」

「……」

「申し開きがあるならば、聞くが？」

うん？　と首を傾けるガイゼルの声は冷たく、ない罪ですら自白してしまいそうな威圧感があった。だがヴァンは果敢にも、ガイゼルを睨みつけたまま叫ぶ。

「俺は、……彼女を愛しています！」

「……」

「絶対に幸せにします！　だから……」

ドゴォ、という聞き慣れない音にツィツィーは最初、イエンツィエが再び侵攻してきたのかと飛び上がった。だが破壊音は目の前――ヴァンの顔のすぐ隣で起きたものであり、発生の原因は他でもない、ガイゼルの拳だ。

　壁材の欠片をぱらりと零しながら、ガイゼルはヴァンを覗き込むようにしてにやりと笑う。なまじ顔が整っている分、静かに怒り狂った時の彼は本当に恐ろしいと、ツィツィーは改めて痛感した。

「分かった。決闘なら受けて立とう」

「あ、わ、わ……」

　崩れゆく漆喰の音を耳元で聞いていたヴァンだったが、やがてあまりの恐怖に気を失ったのか、その場にくずおれるように座り込んでしまった。ガイゼルが壁に突き刺さった拳を引き抜くのに合わせて、ツィツィーが慌ててフォローする。

「へ、陛下、違うんです、その」

「分かっている。あれはヴァンではないと言うんだろう？」

「し、知っておられたんですか？」

「あいつは公私のけじめはしっかりつける。ツィツィー、などと呼び捨てるなどまずあり得んからな」

「そ、そういえば……」

確かにヴァンは初めて引き合わされた時から、ツィツィーのことを『皇妃殿下』と呼んでいた。そんなわずかな違いで気づくなんて、とツィツィーは改めてガイゼルの洞察力に感心する。

「原因は分からんが、おそらく何者かに操られていたんだろう。もしくは意識を乗っ取られたか……まじないの類は詳しくないから、正直なんとも言えんが」

「何者かに操られる……」

「まぁ、こういう場合は一度意識を失くしてみて、様子を見た方がいい」

「だから先ほど、殴る素振りを？」

「まあな」

『……八割くらいは本気だったが』

ガイゼルが帰ってこなかったらどうなっていたのだろう、とツィツィーは改めて恐怖を覚える。やがてガイゼルは跪くと、気絶したヴァンの肩に手をかけ揺り起こした。何度か頭を前後させたヴァンは、ようやく瞼を開くと焦点が定まったかのように目を見開く。

「陛下！　す、すみません!!　俺、なんてことを……！」

「目が覚めたか」

「本当に申し訳ございません！　この罪は、俺の命をもってあがなう覚悟で……」

「いらん。それより――ツィツィーを愛していると言ったのは本当か？」

地を這うようなガイゼルの声色に、ヴァンは激しく首を左右に振った。

「ち、違います！　あれは俺の意思ではなくて……だから真顔で剣の柄に手をかけるのやめてもらえませんかね⁉」

再び争いが勃発しそうな空気を察し、ツィツィーは慌てて間に入る。

「あの、一体何があったんですか？」

「皇妃殿下……」

その後、騒ぎを聞きつけた執事と使用人たちが、破壊された壁を見てどひゃーと驚くのをなだめつつ、ツィツィーたちは一旦応接室へと移動した。隣り合ってソファに座るツィツィーとガイゼルの反対側に、疲弊しきったヴァンがへたり込む。

「実は……俺にもよく分からないんです。皇妃殿下の護衛を務めようと、こちらに戻ったことまでは覚えているんですが……」

ヴァンいわく、応接室を出てから王宮の金庫へと向かった。

儀典長と一緒に宝石の入庫を確認したのち、本邸に戻ってきて使用人たちに挨拶をしたところまでは覚えている、と。

「なんというか突然、頭に靄がかかったような感じがして……こんな状態で皇妃殿下の元に行くわけにはいかないと思い、引き返そうとしたのですが……。廊下で皇妃殿下をお見かけした途端、その、何と言いますか……『運命の人がいる！』と抑制が利かなくなってしまい——陛下、あのちょっと、目が怖いんですが」

「そうだったんですね……」

ヴァンの証言を聞きながら、ツィツィーは思考を巡らせた。

午前中のヴァンは至って普通だったので、王宮からこちらに戻るまでの間に何かがあった、と考えるのが妥当だろう。

（陛下はまじないと言っていたけれど……一体どうやって？）

まじない。時代によっては魔術と呼ぶこともある。

人智を超えた不思議な力で、何もないところから火や風を生み出したり、人の心を操ったりするという。ヴェルシアから遠く離れた別の大陸には、そうした力を持つ『魔術師』がいるという噂を聞いたことはあるが……ツィツィーの知るまじないは、特殊な環境における強い催眠状態や、儀式による神がかりであることがほとんどだ。

するとヴァンがツィツィーに向けて、深々と頭を下げた。

「皇妃殿下には怖い思いをさせてしまい、本当に申し訳ございませんでした」

「か、顔を上げてください！　私なら、ほら、なんともないですから」

「皇妃殿下……」

ほろりと感動の涙を浮かべるヴァンに対し、ツィツィーの隣で剣呑な雰囲気を漂わせていたガイゼルは、至極真面目な様子で睨みつけた。

「ヴァン」

「は、はい！」

「もし本気でツィツィーを奪いたいのであれば、先に俺に言え。正々堂々と真剣での決闘を申し込んでやる」

「だからしませんって！」

ぎゃいぎゃいと喚く二人に苦笑しつつ、ツィツィーは再び情報を整理していた。

（ヴァン様が移動したのは、王宮と本邸だけ……）

もし良からぬものが入り込んでいるとすれば、それはツィツィーやガイゼルたちのすぐ傍に迫っていることになる。すると静かになったガイゼルも同じことを考えていたのか、無言のまま思考を巡らせていた。

『とはいえ、ヴァンの不意を突ける人間などそうはいない……。一度王宮内の警備を見直しておく必要があるな……』

（陛下……）

言い表せぬ未知への不安を抱えたまま、ツィツィーはそっと手を握りしめると、自身を落ち着かせるように胸元へと押しつけた。

そんなヴァンのご乱心から三日が経過した。

特にその後目立った異変もなく、儀典長の知らせを受けて応接室に出たツィツィーは、先に着座していたガイゼルの隣に腰かける。目の前のテーブルの上には数枚の資料と、レヴァナイトの収められた箱が置かれていた。

「遅くなりました。こちらがティアラの図案でございます」

「わあ……！　どれも素敵ですね……」

どのデザインも、レヴァナイトをいちばん美しく見せるよう設計されており、王冠を模したクラウンティアラに、本体部分にメレダイヤを並べた細身のティアラ、さらには額に雫形のクリスタルを下げる形のものまであり、ツィツィーはついつい目移りしてしまう。

隣にいるガイゼルも一通り眺めたあとで、ふうんと息をついていた。

『なるほど……今まで女の装飾品など微塵も気に留めたことはなかったが、ツィツィーが身に着けるものだと思うと、どれも尊く見えるものだ……。まあどれを選んだところで、ツィツィーの生まれ持った可憐さに敵うはずはないが……』

（……一体陛下には、私がどのように見えているのでしょうか……）

恥ずかしさと動揺を儀典長に悟られないよう、ツィツィーは努めて冷静にデザイン画を吟味した。ようやく心を決めて一枚を選んだところで、儀典長が思い出したように口にする。

「そういえば、陛下はまだご覧になっておられませんでしたか」

「何の話だ？」

「こちらです。レヴァナイトの現物でございます」

言いながら、儀典長は脇にあった箱の蓋を取った。中には目もくらむような輝きを放つ宝石が、以前と同様これでもかとばかりに存在を主張している。

普段は宝石に関心を示さないガイゼルもさすがに驚いたのだろう。わずかに目を見張ると、じっと見据えた。

「これは……確かに見事なものだな」

「左様です。妃殿下の審美眼が優れておられたということでしょう」

ふぉふぉ、と満足げに笑う儀典長を前に、ガイゼルはなおも真摯にレヴァナイトを眺めていた。互いによく似た青紫色の瞳と宝石の光がぶつかる光景に、ツィツィーはたまらず笑みを零す。

（でも本当に綺麗……陛下の瞳ともそっくりですし……）

そのあと選ばれた図面について子細を話し合い、儀典長は丁寧な挨拶ののち、レヴァナイトと共に応接室を辞した。二人きりになったところで、ツィツィーはガイゼルに尋ねる。

「ガイゼル様はこのあともお仕事ですか？」

「ああ。だがすぐに終わる」

「で、では、今日は早くお帰りに？」

「そうだな」

ぱあぁと花でも飛ばすかのように分かりやすく喜ぶツィツィーを見て、ガイゼルは堪えきれないという風に笑った。王宮執務室に戻ろうと立ち上がるガイゼルを見送るべく、ツィツィーも扉の前までついていく。

するとドアノブに手をかけたガイゼルが、ツィツィーの方を振り返ったかと思うと、無言のまま熱い視線を送ってきた。

（……？）

こんな時、普段なら溢れんばかりに聞こえてくるはずの心の声が聞こえない。それに気のせいか、深い海のようなガイゼルの瞳が今は青い炎のように揺らいで見える。

「ガイゼル様？」

「……」

ただならぬものを感じたツィツィーは、慌ててガイゼルの腕に触れた。

「陛下、大丈夫ですか？」

「――ッ」

ガイゼルは弾かれたようにはっと顔を上げると、何度か強く瞼を開閉させた。

「……ああ、いや、なんでもない。……それより、二人の時はガイゼルと呼べと言っているだろう」

「は、はい」

「じゃあ、またあとでな」

慣れた手つきでツィツィーの頭を撫でたかと思うと「行ってくる」と告げ、しっかりとした足取りで玄関ホールへと歩いていく。

（陛下……いつもと少し違ったような？）

その背中を見送りながら、ツィツィーは言いようのない不安を感じていた。


同日の夜。ツィツィーはバスケットを片手に、ガイゼルの部屋へと向かっていた。

（ま、また準備してしまいました……）

以前美味しそうにサンドイッチを食べてくれた姿を思い出し、ツィツィーはついはにかんでしまう。いつもの時間だが、ガイゼルはまだ王宮から帰邸していないようだ。

（そういえばあれから……特におかしなことは起きていないですね）

普段の皇妃教育に加え、結婚式の準備と忙しすぎて手が回らなかったが、ヴァンの心神喪失についてはまだ原因が分からない。だがこれといった訳も思いつかず、ツィツィーはうーんと首を傾げた。

すると突然がちゃりと扉の開く音が響き、ツィツィーは飛び上がりそうなほど驚く。入ってきたガイゼルは、ツィツィーの姿に気づくとふっと表情を緩めた。

「すまない、待たせたな」

「い、いえ、全然！」

慌ててバスケットをテーブルに置くと、ガイゼルから上着を受け取る。就寝前のラフな格好になったところで、ようやく彼が振り返った。

「いつも悪いな」

「ガイゼル様こそ、遅くまでお疲れ様です」

にっこり微笑むツィツィーを見て、ガイゼルもまた笑みを浮かべる。

だがその瞬間――ガイゼルの目が妖しく煌めいた気がした。

（あら？　今、何か……）

気のせいかしらと思いつつ、ツィツィーはとりあえず持ってきていたサンドイッチをガイゼルに差し出した。

「あのガイゼル様、よろしければまた作ってみたのですが……」

「ほう、これはうまそうだ。だが……」

するとガイゼルはバスケットを受け取ったものの、すぐにテーブルへと戻した。

あれ、と疑問符を浮かべるツィツィーの前に立つと、膝裏と背中に手を差し込み、いとも簡単に横向きに抱き上げてしまう。

「へ、陛下⁉」

「俺はそれよりも、お前を食べたい」

「た、……えっ⁉」

ガイゼルは嬉しそうに口角を上げたまま、取り乱すツィツィーをベッドへと運んだ。まっさらなシーツの上に寝かせると、そのまま口づけてくる。

（ど、どうして？　前はあんなに喜んでくださったのに……）

やがてゆっくりと離れていく唇とともに、二人の視線が間近でぶつかった。

「ああ……本当に美しい……」

「へ、陛下？」

「銀細工の髪、空色の瞳……まるで神が作った芸術品のようだ」

熱っぽく語られる言葉に、ツィツィーは耳を疑った。

これは心の声ではない。ガイゼルの口から、直接発されているものだ。

（ど、どうして陛下が、こんな言葉を、突然⁉）

確かに以前数回だけ、ガイゼルが自らの気持ちを声に出してくれたことはあった。

だがいずれも鬼気迫る状況だったり、強すぎる思いが口を衝いた時だったりと、非常に稀なことだったはずだ。しかし目の前のガイゼルは、ツィツィーに向けて何のてらいもなく、甘い言葉を囁いている。

一体どういうこと、と混乱するツィツィーをよそに、ガイゼルはなおも愛しさを抑えきれないとばかりに迫ってきた。

「好きだ……」

（えええー！）

気づけばツィツィーはベッドの上に押しつけられており、ガイゼルの上背にすっぽりと覆い隠されていた。室内灯のわずかな逆光の中、端整なガイゼルの顔と濃艶な瞳が、もはや暴力的な色気をツィツィーに訴えかけてくる。

（で、ですが陛下は、挙式まで私を労わらなければと……）

だがツィツィーの困惑をよそに、ガイゼルは上体をかがめるとツィツィーの唇に噛みついた。普段の優しい触れ方ではなく、飢えた獣のような口づけに、ツィツィーの頭の中はぐしゃぐしゃになってしまう。

（くるし、……）

むさぼるようなキスをようやく止めたガイゼルは、はあと熱い呼気を零しながら体を起こすと、手の甲で口元をぐいと拭った。そのあまりに妖艶な姿を目にし、ツィツィーは逃げられないと悟る。

「——いいか？」

ガイゼルに問われ、ツィツィーは込み上げる言葉を呑(の)んだ。

（ダ、ダメ、なんて……そんなこと……。でも陛下、一体どうして……!?）

いつもは表に出さない心の声を、惜(お)しげもなくだだ漏れにしているのに……今のガイゼルはこちらの気持ちを慮(おもんぱか)るどころか、ツィツィー自身を見てもいないかのようだ。

すると口ごもるツィツィーを訝(いぶか)しんだのか、ガイゼルがわずかに眉を寄せた。

「どうした？　不満か」

「ち、違うんです陛下、でもあの、私……」

——その瞬間だった。

『やめろ！』

（陛下!?）

突然割り入った大音声(だいおんじょう)に、ツィツィーは目を見開いた。慌てて正面にいるガイゼルを仰(あお)ぐが、どうしたと見下ろしてくるばかりで、まるで他人事(ひとごと)のようだ。

（でも今の声は、間違いなく陛下の心の声……）

すると続けざまにガイゼルの怒号(どごう)がツィツィーの耳に届く。

『貴様、ツィツィーに何をしている!?　すぐに離れろ！』

（ど、どういうことなの……？）

ガイゼルが発している胸の内のはずだが、目の前の彼は素知らぬ顔でツィツィーに熱い視線を据えている。離れろも何も、当のガイゼルが組み敷いているのだから、ツィツィーがどうこう出来るはずもない。

だがツィツィーはずっと覚えていた違和感の正体に気づき、一気に警戒を強めた。

（そういえば、さっきから何度『陛下』と呼んでも諌められることがなかった……）

いつものガイゼルであればすぐに訂正されそうなものなのに。

（じゃあ目の前にいる陛下は……誰？）

するとツィツィーの変化に気づいたのか、ガイゼルがふ、と笑った。

ガイゼルではないと分かっていながらも、その姿形は大好きな彼のままで――ツィツィーは無性に悲しくなる。

「大丈夫だ。すべて俺に任せておけ――」

「――っ！」

ツィツィーは懸命に体を捩って逃げようとするが、力強い腕に押さえつけられ、身動きが取れない。ガイゼルは、ツィツィーの首元に噛みつこうと薄く唇を開いた。

すると突然――ガイゼルの右手が不自然にツィツィーの肩から離れる。そして次の瞬間、自らの右頬目がけて力強く拳を叩きつけた。

「……ぐっ‼」

「へ、陛下ー⁉」

とてつもない打撃音に、ツィツィーもまた大きく目を見張った。案の定、ガイゼルはその衝撃のままベッドに倒れ込み、気を失ってしまう。自由になったツィツィーが慌てて顔を覗き込むと、しばらくしてぱちとガイゼルが睫毛を押し上げた。

「だ、大丈夫ですか⁉」

「……ああ」

彼の瞳は常と同じ澄んだ色合いで、ツィツィーはひとまず安堵する。綺麗な頰に立派な拳跡を残したまま、ガイゼルは緩慢な動作で体を起こした。

何か冷やすものを、とおろおろするツィツィーを見て、はあと深いため息を零す。

「良かった……」

「陛下？」

「……ガイゼルだ。いや、今はそれどころじゃないな」

その反応に、いつもの彼に戻ったことを確信したツィツィーは思わず涙ぐんだ。一方ガイゼルは、自らの身に起きた出来事を分析しているようだ。

「ガイゼル様、一体何があったのですか？」

「……お前を見た瞬間に――何というのか、他人に体を乗っ取られた感じがした。俺の意のようだった」

思はどこかに消え、そいつの勝手に動かされる。……感情もすべて、従わされてしまうか

「もしかしてそれって……」

「ああ。ヴァンが陥ったのと似た状況だろう」

その言葉にツィツィーは身震いする。ヴァンだけでなくついにガイゼルまで。

（犯人の目的は、何なのでしょうか……）

ヴェルシアの簒奪。もしくは国の中枢を操り、何らかの理由で崩壊させる。ガイゼルを掌握すればどちらも容易だろう。だが、この犯人はそうした悪巧みをするでもなく――ヴァンもガイゼルもしたことといえば、ツィツィーに対して強い執着を見せただけだ。

（まさか、私を驚かせるのが目的ではないでしょうし……）

そこでツィツィーはヴァンに異変が起きた日と、ガイゼルがおかしくなった今日のうちで、共通する出来事はなかっただろうかと考えた。もちろん互いの仕事に差異はあるだろうから一概には言えない……と思案していたが、突如「あ！」と声を上げる。

「どうした？」

「いえその、確信があるわけではないのですが……」

「構わん。言ってみろ」

「……ガイゼル様は今日『レヴァナイト』をご覧になりましたよね」

「ああ」

「以前ヴァン様も様子がおかしくなった日に、やっぱり宝石を見たんです」

「確かにそう言っていたな。だが儀典長やお前も同じだろう」

「そ、そうなんですよね……」

ガイゼルの言葉通り、同じくレヴァナイトを鑑賞したはずのツィツィーと儀典長にはその現象が起きない。性別や年齢によって変わるのかもしれないという疑いもあるが、そもそも宝石を見ただけでおかしくなる、などにわかには信じがたい話だ。

だがツィツィーの言い分に思うところがあったのか、ガイゼルはしばらく口元に手を添え、やがてぼそりと口にする。

「明日、もう一度あの宝石を見てみるか」

「え⁉　で、でも、大丈夫なのですか？　万一またおかしなことになったら……」

「その時はまたこうするだけだ」

ちらりと自身の頬に視線を落とすガイゼルを見て、ツィツィーはつい笑ってしまった。少しだけむすっとした顔を見せるガイゼルに謝りながら、おずおずと腫れた部位に指を伸ばす。本当に加減なく殴ったようで、まだじくじくとした熱を孕んでいた。

「やっぱり冷やすものを持ってきますね」

「いい。自分に対する罰のようなものだ」

「そんな、ガイゼル様のせいじゃないのに……」

しょんぼりとするツィツィーを前に、ガイゼルは柔らかく微笑んだ。頬に添えられたツィツィーの手を、自らの手で覆うようにして固定する。

「お前の手は冷たいな」

「そ、そうでしょうか？」

「ああ。……気持ちいい」

ぽつりと零すガイゼルがどことなく幼く感じられて、ツィツィーは心をほころばせた。いたずらをするような気持ちで、ガイゼルのもう一方の頬にも手を伸ばす。

「何だ？」

「も、もっと冷えるかな、と思いまして……」

顔を両手で押さえられてしまったガイゼルは、苦笑しながらもツィツィーのなすがままにされていた。その優しい表情に誘われるようにツィツィーも微笑む。

先ほどの、こちらを映していないと感じたガイゼルの目は本当に怖かった。だってガイゼルはいつだって、ツィツィーをこんなに愛おしく見つめてくれるのに。

（あ、……私……）

やがてツィツィーは、ごく自然にガイゼルへと顔を近づけた。

斜めに傾け、ガイゼルの薄い唇に自分のそれを重ねる。ガイゼルがごく、と息を呑む音がしたが、ツィツィーはそのまま目を閉じた。

きっと長い時間ではなかった。

だが永遠にも思える一瞬のあと、ツィツィーはようやくそっと顎を引く。そのままガイゼルの頬に伸ばしていた両手を、そろそろと自分の胸元へと引き寄せた。心臓は今更になってばくばくと激しく存在を主張している。

（わ、私、いま、陛下に……自分からキスを……）

今まで挑戦してもなかなか出来なかったのに、さっきはごく自然に「したい」と思えた。自分の中の未知なる感情に、ツィツィーは恥ずかしさを爆発させる。

一方ガイゼルはというと、まるで頬の痛みが丸ごと抜け落ちたかのように、ただ茫然としていた。腕の中からツィツィーがいなくなったことさえ気づいていないようだ。

その硬直具合にどぎまぎしたツィツィーは、ごまかすようにガイゼルに声をかけた。

「お、お疲れでしょうから、もう休みましょう！　やっぱり私、冷やすものを持ってきますね」

「いや、いい。自分で行く。先に寝ていろ」

「で、ですが……」

するとー見平然とした様子のガイゼルから、動揺する心の声が溢れてくる。

『いや待て。思わず思考停止してしまったが、さっきのは一体何だったんだ!?』

『天使の祝福？　いや、女神の加護か？』

『く、まだ心臓が鳴りやまん……！』

『まだ乗っ取られているとか、夢を見ているという可能性はないよな？　それならそれで一生覚めないでもらいたいんだが』

一言も発さないものの、次々と流れてくるガイゼルの狼狽に、ツィツィーまで焦り始める。自分でもどうしてキスしたくなったのか分からないのに、先ほどの行為に意味を求められたらどうしよう、とツィツィーは大慌てで毛布をかぶった。

「わ、分かりました！　お、お先に失礼します！」

涙目で丸くなったツィツィーは、背後のガイゼルに怯えながらぎゅっと目を閉じる。しかしそんな祈りも虚しく、ガイゼルが静かに声をかけてきた。

「……ツィツィー」

「な、なな、なんでしょうか⁉」

「ああ、いや、大したことじゃないんだが」

するとガイゼルは、たっぷり十秒以上間を空けてから、意を決したように口を開いた。

「だ……」

「だ？」

「だ、……抱きしめても、いいだろうか」

え、と口を半端に開くツィツィーの様子に、ガイゼルはそれ以上の言葉を呑み込んだ。しかし心の中では『違うんだ』と必死に理由を紡いでいる。

『やっぱり、ついさっき怖い思いをさせた男に言われるのは嫌だよな……しかし出来ればいつものように抱きしめて一緒に眠りたい……。嫌な思いをさせたまま、今日が終わるなんて……』

（ガイゼル様……）

どうやら先ほどの一件は、ツィツィーが思う以上にガイゼルにダメージを与えていたようだ。次第に心の声まで弱々しくなっていく気がして、ツィツィーはたまらず起き上がると、ガイゼルの方を振り返った。

見て分かるほど落ち込んでいるガイゼルに向け、ツィツィーはそろそろと両腕を広げる。きっと顔は恥ずかしいほど真っ赤になっていることだろう。それでも。

「は、……はい……ぎゅってして、ください……」

「……ツィツィー」

心の底から安堵したといわんばかりのガイゼルの呟きと同時に、力強い二の腕がツィツィーの体をしっかりと抱きしめた。そのままベッドに倒れ込んだ二人は、ぬくぬくとした毛布の中で密かに笑い合う。

互いの体温が馴染んでいく中、ガイゼルが静かにツィツィーに問いかけた。

「――嫌じゃ、ないか」

「……はい」

「……良かった」

そう言うとガイゼルは、ツィツィーの髪を恐る恐る撫でた。ガイゼルの大きな手で梳かれるのは心地よく、ツィツィーは思わず目を細める。その仕草に、恐れられてはいないと実感したのか、ガイゼルはようやく身体の力を抜いた。

ツィツィーはたくましい胸板に埋もれながら、うとうとと瞼を閉じる。するとガイゼルもまた、睡魔が襲ってきたのか途切れ途切れの本心を囁いていた。

『ランディ……儀典長……頼む……明日にでも式を挙げられないだろうか……』

さすがに無茶なその願いを聞きながら、ツィツィーはふふ、と嬉しそうに微笑んだ。


一夜明けた午後。ツィツィーとガイゼルは昨日と同じ応接室にいた。

やがて重たいノックの音が響き、扉の向こうからレヴァナイトの入った箱を持った立派な体軀の男が現れる。ツィツィーはその男の登場に驚きの声を上げた。

「ディータ様！　どうしてこちらに？」

「様は不要だ。久しぶりだなツィータ。いや、今は皇妃殿下か」

男の名はディータ・セルバンテス。

ツィツィーとガイゼルが帝都を追われた際、かくまってくれた命の恩人だ。

先代ディルフ帝の覇権を支えたかつての騎士団長だが、戦いばかりを繰り返す当時の方針についていけなくなり、イシリスの奥地で隠遁生活を送っていた。

「アンリちゃんは元気ですか？」

「ああ。今は隣に預かってもらっている。もう少ししたらこちらに来たいと言っていた」

彼の娘、アンリが雪山で遭難した時、ツィツィーとガイゼルが救出。その恩を返すため、イエンツィエ事変の際、ディータはその力を奮ってくれた。

その後イシリスへと戻っていたものの、新体制を組むために力を貸してほしいと、ガイゼルとツィツィー揃って説得に行ったのだ。

退役した身でのこのこと戻るわけには……と最初は難色を示していたディータだったが、他ならぬ二人のお願いということもあり、体制が軌道に乗るまで一年間という条件で騎士団の顧問として籍を置いてくれている。

「でもどうしてわざわざ、ディータさんが」

「陛下に頼まれてな。なんでも保険だと」

「保険？」

どういう意味だろうとガイゼルを振り返ると、彼はわずかに言葉を濁した。

「その、だな……万一昨日のようなことが起きた場合には、俺を止める役がいるだろう」

「そ、それは確かに……」

あの時はガイゼルの必死の抵抗で事なきを得たが、また次も同様に解決できるとは限らない。もしもまた乗っ取られたら、ディータによる鉄拳制裁が炸裂——想像しただけでツィツィーは身震いした。

（どうか何も起こりませんように……）

箱を受け取ったガイゼルは、宝石を見せないよう一旦ディータを下がらせると、ツィツィーに視線を送りそっと蓋を開く。中には昨日と変わらない『レヴァナイト』があり、陽光を弾いて燦然と輝いていた。

「陛下、何か感じたりしますか？」

「いや……特に変わった様子はないな」

ガイゼルの言葉どおり、ツィツィーも特段おかしなところは感じない。やはり気のせいだったのだろうか——と首を傾げると、突然リィンと澄んだ音が鳴り響いた。

（——!?）

あまりの鋭さにツィツィーは目を瞑る。続いてはっきりとした声が聞こえてきた。

『ああ良かった！　ようやくお会い出来ました！』

「……？」

『王妃様！　ありがとうございます！』

王妃？　と瞬きながらツィツィーはガイゼルの方を見た。だがどうやらガイゼルには何も聞こえていないらしく、じっとレヴァナイトを眺めたままである。

（これは一体、誰の声で……）

『わたくしです王妃様！　今、あなたの目の前におります！』

（――!?）

するとぽふんという小さな音とともに、真っ白い何かがツィツィーの前に現れた。それはガイゼルの肩によじ登ると、その場でうぅんと伸びをする。

よく見れば半球形――全身がふかふかとした毛で包まれており、黒くてつぶらな瞳をしていた。後ろには二股に分かれたしっぽがぴょこんと生えており、その姿はイシリスの海に生息するというアザラシによく似ている。

するとアザラシみたいな何かは、小さなしっぽを支えに意気揚々と反り立った。

『いやあ、なかなか感覚が戻らず苦労いたしました。ですが何とかこうして、形を取ることが出来るまでに』

（あ、あなたは、一体――）

『お忘れですか王妃様。我々は【精霊】と呼ばれるものではありませんか』

（精霊？）

するとも黙りこくったままのツィツィーを心配したのか、ガイゼルが声をかけてきた。

「ツィツィー？　どうした、何か気になることでも」

「い、いえ、その、陛下の肩に、小さなアザラシが……」

「は？」

思わず答えたあとで、ツィツィーは慌ててはっと口を手で覆った。どうやらアザラシはガイゼルに認知されていない――と気づき、ごまかすように首を振る。

「す、すみません、なんでもありません！」

「……教育係に言って、少し学習量を減らさせるか？」

「い、いいえ！　全然、全然大丈夫ですから！」

まさかの勉強疲れを心配されてしまったツィツィーは、顔から火が出る思いだった。

『改めまして王妃様、気づいてくださりありがとうございます』

「あの、私、正しくは王妃ではなくて皇妃なのですが……」

結局その場では何の異常も発見されず、ディータによって再び金庫へと戻されそうになったレヴァナイトを、もう少し確認したいからとツィツィーが預かった。

執務に戻るというガイゼルを見送ったあと――ツィツィーは自室で一人、アザラシと向き合っている。

『うーむ。やはり覚えてはおられませんか……仕方がありません。わたくしはレヴィと申します』

「レヴィ……さん？」

『レヴィ、で結構ですとも。それにしてもまたこうしてお言葉を交わせるようになり、大変嬉しく存じます』

「は、はあ……」

　テーブルの上でぴこぴこと動くアザラシを、ツィツィーは興味深く見つめた。実体があるように見えるが、触ってみようとするとまるで煙でできているかのように感触がない。ついつい指先で、何度もちょんちょんと確かめてしまう。

「それであの、あなたは一体何者なんですか？　それに一体どこから……」

『ですから【精霊】ですとも。わたくしはずっと地中の奥深くで眠っておりました』

「眠っていた？」

　そこでツィツィーはようやく、レヴィがどこから出現したのかを察する。

「もしかしてあなたは……レヴァナイトの中にいたんですか？」

『レヴァナイト……というものは存じ上げませんが、わたくしがおりましたのはあの紫の石でございます。目覚めてすぐ王妃様の存在に気づきましたものの、その時はこうして姿を取るだけの力がなく、目の前にいたお若い殿方に……』

「じゃ、じゃあ、陛下やヴァン様の様子がおかしくなったのは……」

『回生するまでの間、代わりに人の器を借りて、王妃様と言葉を交わそうと思ったのですが……なにぶん力を使うのがあまりに久しぶりすぎて、予期せぬ行動ばかり取る羽目になりました』

怖いし痛いし大変でした、とうんうん頷いているところを見る限り——どうやらこの【精霊】がヴァンやガイゼルの体を乗っ取って動かしていた犯人、ということだろう。国を脅かそうとする相手でなかったのは幸いだが、精霊の存在もある意味常軌を逸している。

未知の存在に混乱するツィツィーだったが、なんとか思考を整理した。

「ごめんなさい、ええと……あなたは今まで石の中で眠っていたのですよね？　どうしてその、人を操ってまで私と話したかったのですか？」

『そうなのです！　実は、お願いがございまして』

するとアザラシは再び、そのまんまるなお腹をぽいんと反らした。

『わたくしと一緒に眠っていた、弟を捜していただきたいのです』

「弟？」

レヴィいわく——遥か昔、この大地は人間だけでなく精霊のものでもあった。

だがある時精霊たちの王がいなくなり、彼らは世界の柱を失ってしまう。さらに知恵をつけた人間たちが大陸を支配し始め——居場所を追われた精霊たちは、各地に散って逃げ隠れたそうだ。

『わたくしと弟は共に地下深くに潜り、あの石と同化したまま長い時間、眠り続けていたのです』

「そして採掘された時に目覚めた……ということでしょうか」

『さようでございます。ですが気づいた時には、隣にいたはずの弟がいなくなっておりました。一方わたくしは暗い場所に閉じ込められたまま……。ですが王妃様がわたくしを呼んでくださったおかげで、ようやく日の目を見たのです！』

暗い場所、というのはおそらく厳重に保管されていたからだろう。あまりに立派な宝石だったので値がつかず、今回ツィツィーがティアラの宝石として望んだことで外に出ることができた、ということか。

（いまだに信じられないのですが……でもこうして姿は見えるし、声もはっきり聞こえています……）

いや、もしかしたら本気で皇妃教育がきついのかもしれない、とツィツィーは一度大きく深呼吸した。だがそうっと瞼を開いてみても、相変わらずテーブルの上では小さなアザラシが嬉しそうにぴこぴことしっぽを振っている。

「わ、分かりました……どこまでお力になれるか自信はありませんが、弟さんの行方を捜してみますね」

『ありがとうございます！　さすが王妃様！』

「あの、それでですね。私は王妃ではなくて、皇妃でして」

『なんと！　今は皇妃様でしたか』

「は、はい……ですがあの、良ければツィツィーとお呼びください」

その言葉にアザラシは『分かりました、ツィツィー様！』と敬礼する。その様子を微笑ましく思いながらも、ツィツィーは言葉を続けた。

「それであの……お手伝いをする代わりに、もう二度と人間を操ったりしないと約束してくれませんか？」

『もちろんでございます！　今後はしないと誓います』

「良かった……よろしくお願いします」

恭しく頭を下げるアザラシに、ツィツィーもつられてお辞儀をする。

（と、とりあえず、これで変なことは起きなくなるはず……）

ほっと胸を撫で下ろすツィツィーだったが、正直なところアザラシの弟を見つけられる自信はない。だがテーブルの上で嬉しそうに踊っている精霊を見て、思わず口元を緩めた。

（それに……せっかくだから、弟さんと会わせてあげたいです）

故国ラシーで塔の暗がりの中、孤独に過ごしていた日々を思い出す。そういう意味ではツィツィーもまた、奇跡のような偶然で外に出られた一人なのだ。

こうしてツィツィーは、宝石の精霊から奇妙な依頼を受けることとなった。


(闇雲に捜しても埒が明かないですし……やはり、宝石がどこにあるのかを調べるところからでしょうか?)

しかし相手は精霊。おまけにツィツィーにしかその姿は見えない。

そこでツィツィーは儀典長に頼んで、レヴァナイトが採掘された時の状況を確認してもらった。儀典長は最初「何故そんなことを?」と疑問符を浮かべていたが、ツィツィーの「レヴァリアの鉱山について調べていたら、もっと詳しく知りたくなった」という言い訳を聞き、なんて勉強熱心なと感動してくれた。

数日後、調査の結果がツィツィーの元に届く。

「問い合わせたところ……どうやら原石が掘り出された際、一部が割れてしまったそうです」

「ほ、本当ですか!?」

「はい。そちらは小ぶりだったため、すぐに買い手がついたのだと」

「そ、その石は今どこにあるのですか?」

「それが……グレン・フォスター様のお名前で購入されたらしく」

「グレン・フォスター様……」

その名前をツィツィーはぼんやりと思い出す。

皇妃教育を受け始めたばかりの頃、王族や有力な貴族たちの繋がりを覚え込んだ――その中で『公爵家』の一つとして名を連ねていたはずだ。

（領地は西の端にあるフォスター地方……帝都から随分離れているのね）

グレン・フォスターの経歴は少々珍しく、元々伯爵家の次男坊だったグレンは騎士団に所属。そこで素晴らしい武勲を立てたことで、先帝ディルフが断絶していたフォスター公爵位を与えた、というものだ。

のちに戦で負傷し、軍役を引退。結婚をすることもなく、領地に建てられた邸宅に独居していると、資料には書かれていた。

「ありがとうございます、儀典長様。出来ればフォスター公爵にお会いして、直接レヴァナイトのことをお伺いしたいのですが……連絡を取っていただくことは可能でしょうか？」

「フォスター公とですか？　そ、それはもちろん、皇妃殿下がお望みでしたら善処いたしますが……なにぶん気難しい方ですので……」

「そうなんですか？」

「人嫌いというのでしょうか。帝都から遠いところにお住まいという事情があるとはいえ、王宮での式典にまったく参加されませんし、他家での社交にもほとんど顔を見せたことがないのです。我々の中にも面識がある者がどれほどいるか……」

　またご報告に上がりますと頭を下げる儀典長に、ツィツィーも丁寧に礼をする。

　どうやらなかなか難しいところに『弟君』は運ばれてしまったようだ。

（フォスター公爵……どうにか事情をお話しして、宝石を見せていただけるといいのですが……）

　だが儀典長の話によると、一筋縄ではいかない相手のようだ。はたしてどう説得しよう……とツィツィーはひとり思い悩んでいた。


　しかしその夜。

　珍しく本邸で一緒に晩餐をとっていると、ガイゼルから突然釘を刺された。

「ツィツィー。フォスター公と面会したいと儀典長に言ったそうだな」

「は、はい！　そうですが……」

「だめだ」

　ばっさりと否定され、ツィツィーはぽかんとする。

「どうしてですか？　何か理由が……」

「訳などない。会うな」

「そんな……」

　一切の反論を受けつけないというガイゼルの口ぶりに、ツィツィーは続く言葉を呑み込んだ。すると普段とは違う、とても重々しい心の声が流れ込んでくる。

『どうしてツィツィーは、突然あいつに会いたいなどと言い出したんだ……誰かから聞いたのか？　いや、その可能性は低いか……』

（あいつ……？）

　思いがけない呼び名にツィツィーははてと首を傾げた。だがこれ以上、場を乱してはならないと黙ったまま食事を終える。その後自室に戻ったツィツィーは、リジーに寝る前の支度を手伝ってもらったあと、恐る恐るガイゼルの部屋へと顔を覗かせた。

「ガ、ガイゼル様、少しよろしいですか？」

「ああ」

　ソファで読書していたガイゼルの隣に腰かける。彼が本をテーブルに置いたのを見て、先ほど感じた疑問を切り出した。

「あの、フォスター公爵のことなのですが」

「さっきも言ったはずだ、会うことは許さんと。そもそも面会したい理由は何だ？」

「そ、それは……」

　逆に聞き返されてしまい、ツィツィーは思わず口ごもった。

（精霊に会いたいから、なんて……信じてもらえるでしょうか……）

あのアザラシの姿も声も、ガイゼルには伝わらない。ツィツィーがどれだけ説明したとしても、ちゃんとした証拠がないのだ。

（変なことを言って……陛下にまで疎まれたら……）

ラシーにいた頃は、誰もツィツィーの話など聞いてくれなかった。

何を言っても大げさだの、嘘つきだのと――今となって思えば、本心を言い当てられた側の困惑や怒りだったのだろうが――自身の能力をよく把握できていなかった幼いツィツィーは、どんどん本心を口にすることができなくなっていた。

「その……けして、大したことではないんです。公爵様にご挨拶したかっただけで」

「……」

本当のことが言えないつらさで、ツィツィーはさらに後ろめたい気持ちになる。すると押し黙っていたガイゼルが、はあと小さくため息をついた。

「何故嘘をつく」

「え⁉」

「目の動きを見れば瞭然だ。……それとも、俺に言えない事情があるのか？」

突然の指摘に、ツィツィーは慌てて目をそらした。

（こ、心を読まれたのかと思いました……）

緊張で速まる鼓動を感じながら、そろそろとガイゼルを見る。相変わらず険しい顔つきだったが、どこか不安げな心の声が聞こえてきた。

『俺に言えない事情……一体何だ……。どこかであいつと知り合って、まさか、こ、恋に落ちた……!?　だから俺に言わず二人だけで会いたいと……』

（あ、あいつって……フォスター公爵のことでしょうか？）

『いや待ていくら何でも歳が離れすぎだろう。だがツィツィーの可愛らしさの前ではそんなものまったく障害にはならない……。だが悪いが俺も身を引くつもりはない。かくなる上は決闘を申し込んで――』

（あああ、いよいよ誤解があらぬ方へ……！）

このままではまずい、とツィツィーはいよいよ覚悟を決める。

（大丈夫です。陛下なら、きっと……）

ツィツィーは心の中で、今までにあった出来事を思い出す。

行方不明になったアンリの救助に『受心』の力を使った時、ガイゼルはツィツィーを疑うことなく、ただ黙ってついてきてくれた。謀反を企てていたのがルクセンと見破る時も、ツィツィーの申し出を信じ、最後の最後まで言葉を待ってくれた。

きっと疑問に思うことだって多かったはずだ。

でも彼は一度として、それを口にしなかった。

それは——ツィツィーのことを信頼してくれているからに他ならない。

（どんな時でも陛下は、私のすることを信じてくださった……私はそのことを、誰よりも知っているはずよ）

だって彼の本心は、いつだってツィツィーの胸の真ん中に届くのだから。

「……すみません、ガイゼル様。実は——」

そうしてツィツィーは、精霊や宝石のことを包み隠さず打ち明けた。

訝しむような表情をしていたガイゼルは、ツィツィーの話を聞き終えたあと、しばらく沈思黙考していた。やがてどきどきと返事を待つツィツィーに向けて、難しい顔つきのまま口を開く。

「確かに、古い書物の中に【精霊】という存在について綴られることはある。ただしあくまでも物語——神話の域は出ない」

「は、はい」

「それがこの国に現れた……それも、お前にしか見えないのだという」

「……」

ツィツィーは緊張した面持ちのまま、膝の上に置いた手を強く握りしめた。

（——ガイゼル様なら大丈夫……！）

するとー度深く眉間に皺を刻んだあと、ガイゼルは困ったように笑う。

「……事情は理解した」

「え？」

「お前は時々、俺でも気づかないような発見や洞察を見せる時があるからな」

「本当に……信じていただけるのですか……？」

ツィツィーがわずかに声を震わせていることに気づいたのか、ガイゼルは肌が白くなるまで握り込まれたツィツィーの手を取ると、優しく開かせた。支えるように自身の手を下に添えたまま、軽く互いの指を絡ませる。

「以前、イシリスの雪山でアンリを捜し回ったことがあっただろう」

「は、はい……」

「あの時お前は、何故かは分からないが、確固たる信念を持って動いているようだった。アンリを助けたいという思いで、ただ真っ直ぐに何かを求めていた。……多少、変な仕草はしていたが」

「あ、あれは、その」

『受心』のために必要だったとはいえ、ガイゼルに自ら抱きついたことを思い出し、ツィツィーは顔を赤らめる。ガイゼルは微笑みながら言葉を続けた。

「ルクセンを追いつめた時もだ。そしてそのどちらも、お前は見事に目的を成し遂げた。あの時から俺は——『どうして』『何故』と問うよりも、お前が何をしたいか、どうありたいのか……それだけを大切にしようと思ったんだ」

「ガイゼル、様……」

「もちろん危険なことは許可できないが……。他の誰が何と言おうと——俺はお前のすべてを信じよう」

それを聞いたツィツィーは、今にも涙が零れそうだった。いつもだだ漏れている『心の声』も今は何も聞こえない。ガイゼルが本気でそう思って口にしている証拠だ。

（どうして陛下には、……私がいちばん喜ぶ言葉が、分かるのでしょうか……）

ツィツィーの心の声は、何一つガイゼルには届いていないはずなのに。

不安も、恐れも——傷ついたツィツィーが、深く深く心の奥底に沈めていたはずのそれを、ガイゼルはすべて余さず優しく拾い上げてくれる。

不確定なものも、自信のないものも、ただ『ツィツィーが望んでいるから』という理由だけで抱きしめてくれるのだ。

（昔の私に……伝えてあげたいです……）

幼い頃、周囲から疎まれ王宮の片隅で膝を抱えていた自分。そんなツィツィーの前に突如ガイゼルが現れ、軽々と抱き上げてくれる姿を想像してしまい、思わず眦をぬぐった。

「あ、ありがとうございます。まさか、そう言っていただけるなんて……」

「しかし、それとフォスター公に会うのとは別問題だ」

「えっ？」

「その宝石をここに持ってこさせるだけで十分だろう。わざわざお前が会いに行く必要などない」

「それは、そうなのですが……」

すぐさまむっと顔をしかめたガイゼルに、ツィツィーはたまらず問い返す。

「も、もちろん陛下がだめだとおっしゃるのなら、無理を言うつもりはありません。ただこちらの一方的な都合でお願いするのは、少し気が引けてしまって……」

皇帝もしくは皇妃という立場を振りかざせば、宝石の一つや二つ取り寄せることなど簡単だろう。だが『精霊が眠っているかもしれない』というあまりに曖昧な理由のために勅命を出すのは、権力を笠に着ているようでツィツィーとしてもいたたまれない。

「あの……どうして陛下はそこまで、フォスター公爵に会いに行くのをお止めになるのですか。何か、お訪ねしてはならない理由があるのでしょうか？」

するとガイゼルは形の良い眉を寄せ、しばらく絨毯を睨みつけた。傍らで不安そうにしているツィツィーを見て、はあと深い嘆息を漏らす。

「俺は昔、フォスター公の世話になっていた」

「昔というと……陛下がラシーに来られたあとのことですか？」

「そうだ」

ガイゼルは母親が亡くなったあと、一時期だけラシーに滞在し、そこでツィツィーと出会った。その後、辺境の公爵家に預けられたのだが――それがこのフォスター家なのだという。貴族の名前としてはもちろん知っていたが、ガイゼルが身を寄せていたということまでは聞いていなかった。あえて教育係が伏せていたのかもしれない。

「王宮で厭われていた俺は、世継ぎのいないフォスター家に『養子』という名目で追いやられた。だがそれはあくまでも建前で、当のグレン・フォスターは俺を息子とは一切認めようとしなかったんだ」

「認めなかった……？」

「おおかた、貧乏くじを引いたとでも思っていたんだろう」

ヴェルシアの建国期から強い権力を持っていた諸侯たちの中で、武勲だけで成り上がったグレン・フォスターという存在はこの上なく異端だったに違いない。当然、古い家柄を誇る貴族たちは彼を忌避し、腫物のように扱った。

そんな折ガイゼルの母親が亡くなり、行き場を失った第三皇子の押しつけ合いが王宮内で発生。困った彼らはこれ幸いとばかりに、同じく扱いづらいグレンにその面倒を見させることにした。おそらく当人の承認もないまま、なかば無理やりに決めてしまったのだろう。

「そんな場所で、ガイゼル様は過ごされていたのですね……」

「まあ、それなりに衣食住は保証されていたから、俺にとっては十分だったが」

ツィツィーはガイゼルの幼少期を想像し、少しだけ心を陰（かげ）らせた。

だが言葉にすると軽々しくなってしまう気がして、頭を彼の腕に寄せる。するとガイゼルも意図を察したのか、そっとツィツィーの肩を抱き寄せた。

「父の崩御（ほうぎょ）を受けて、俺はフォスターを飛び出した。あとはお前も知る通りだ」

「では、フォスター公爵とはそのまま？」

「ああ。……まあ、俺の昔話などどうでもいいだろう」

苦笑を滲（にじ）ませたガイゼルの言葉に、ツィツィーはなおも彼に寄り添った。すると触れているところからじんわりと、ガイゼルの心の声が伝わってくる。

『だがあの当時、行き場のない俺を置いてくれたことは、本当に感謝している……。しかしツィツィーがあいつと会って、万一嫌な思いをさせられでもしたらと思うと、どうしてもな……』

（ガイゼル様……）

『本当は……結婚したことくらい、知らせるべきなのだろうが……。何も言わずに家を出た俺に、合わせる顔などない……』

それを聞いたツィツィーは、なんともいえない想いに駆られた。ガイゼルが公爵との面会を強く拒否した理由――それはツィツィーが傷つかないようにという配慮と、育ての親とも呼べる相手への不義理だったのだ。

（まさか陛下とフォスター公爵に、そんな経緯があったなんて……）

こくりと息を呑んだツィツィーは、静かに顔を上げるとガイゼルを仰ぎ見た。

「ガイゼル様。やっぱり私、フォスター公爵にお会いしたいです」

「ツィツィー、しかし」

「だって、ガイゼル様の義理のお父様になるのでしょう？」

「……フォスター家への養子入りは不成立のままだ。父親では――」

「それでも、ガイゼル様を育ててくださった方ですから。私……ちゃんとお会いして、お礼を言いたいです」

迷いのないツィツィーのまなざしを、ガイゼルはしばし無言で受けとめていた。やがて長い睫毛がわずかに伏せられ、呆れたような吐息が零れる。

「宝石が見られればいいんだな？」

「は、はい！」

「……少し待て。予定を調整する」

「予定、ですか？」

するとガイゼルは背もたれに寄りかかりながら、顎に手を添えて宙を睨んだ。

「俺も同行する」

「ガ、ガイゼル様が、ですか？」

「なんだ、不満か」

「い、いえ！」

思わず「嬉しい」と口にしそうになって、ツィツィーは慌てて口をつぐんだ。

（い、いけません……！　陛下はお忙しい中、わざわざ時間を作ってくださるというのに……）

だが正直なところ、ガイゼルと遠出ができると知り、自然と顔がほころんでしまう。

（フォスター公爵……一体どんな方なのでしょうか……）

緊張と少しだけの楽しみを抱きながら、ツィツィーは嬉しそうに微笑んだ。

第四章 親子関係は複雑です。

リズミカルに揺れる箱馬車の中から、ツィツィーは窓の外を見つめた。

周囲には黒々とした針葉樹林が鬱蒼と生い茂り、樹々の間はうっすらとした霧で満たされている。遠くには赤褐色の切り立った崖が続いており、人の気配はない。

時折キィーという不思議な音がしてガイゼルに尋ねると、どうやらこの森に多く棲む鹿の鳴き声とのことだった。体毛が黒いため、メラン鹿と呼ばれているらしい。

「随分、深い森なんですね」

「フォスター地方はもともと『黒い森』と呼ばれる原生林だった。帝都に近い区域から開発を進めているそうだが、奥地ともなればこんなものだ」

その言葉通り、最初は小さいながらも住民たちの暮らす町があった。だがそこから領主の館へ続く道を進んでいくにつれ、どんどんと森の奥深くに入っている。やがて濃霧の向こうに錬鉄のアーチが見え始めた。

先導する馬車に続き、ツィツィーたちも敷地内へと入っていく——森と同様、どこか神秘的な霧に紛れるようにして、城と言っても遜色ない巨大な邸宅が現れた。

（ここが、ガイゼル様の過ごしていた場所……）

玄関の前で箱馬車を降り、執事の案内で応接室へと向かう。邸の規模に対し、迎える使用人の数がやけに少ないと感じたツィツィーは、公爵が人嫌いという儀典長の言葉を思い出していた。

「旦那様、失礼いたします」

応接室の扉を開けた執事に促され、ツィツィーはガイゼルのあとに続く。窓際にいた人物を見て、ツィツィーはあれ、と目をしばたたかせた。

（あの方……以前パーティーでお見かけした方だわ！）

一度見たら忘れられない隻眼の容貌に、ツィツィーは彼がフォスター公爵だったのかと改めて姿勢を正す。フォスター公爵は無言のままソファを指し示すと、自身も向かいに腰を下ろした。

「このような辺鄙な場所までお越しくださり、痛み入ります」

「歓迎を感謝する、フォスター公。こちらは妻のツィツィーだ」

「はじめまして、ツィツィー・ヴェルシアと申します」

語学の教科書に載っていそうな型どおりなやりとりのあと、室内はすぐさま重い沈黙に包まれた。

（……ええと、これは……）

本来ならば、自然と会話が始まる場面だ。だが二人は挨拶を述べたきり、一切先を続けようとしない。その様子はまるで一騎打ちに挑む騎士のようで、ツィツィーは嫌な汗をかき始めた。何かきっかけを、と必死に話の糸口を探す。

「あ、あの、お忙しい中、訪問をお許しくださりありがとうございます」

「こちらこそ、行幸啓を賜り光栄です」

「は、はい……！」

元騎士団所属と聞いたせいか、一語一語に威圧感を抱いてしまう。すっかり畏縮してしまったツィツィーを気遣ってか、ガイゼルがしぶしぶ本題を切り出した。

「フォスター公、今日訪れたのは一つ頼みがあったからだ」

「頼み？」

「数年前、レヴァナイトという宝石を買ったはずだ。その石を見せてほしい」

普通の公爵家であれば、宝石の一つや二つすぐに執事に運ばせるものだろう。だがどうしたことか――フォスター公爵はガイゼルの言葉を聞いた瞬間、片眼でこちらを鋭く睨みつけた。

「何故陛下がそれをご存じで？」

「業者に確認した」

「そこまでする必要がありますか」

「してはならない理由もあるまい？」

一気にただならぬ雰囲気になり、ツィツィーは慌てて口を開く。

「す、すみませんフォスター公爵！　その、私がどうしてもとお願いしたのです」

「皇妃殿下が？」

「は、はい。本当に、少し見せていただけるだけで良いのですが……」

だがフォスター公爵はしばらく口をつぐんだあと、ツィツィーに向けて言い放った。

「皇妃殿下たってのお望みであっても、それは出来ません」

「え……？」

「そのような宝石、当家にはありません。お引き取りください」

まさかの答えにツィツィーは返す言葉が思いつかない。すると若干の苛立ちを滲ませたガイゼルが、対抗するようにフォスター公爵に問いただした。

「先ほどの話と矛盾するようだが？」

「確かに一度は購いました。ですが不要になり手放したのです」

「それは本当か？」

次第にガイゼルの口調がきつくなる。つられるようにフォスター公爵の言い方もどこか刺々しくなっていき、ツィツィーはおろおろと視線を泳がせた。いよいよ限界が来たとばかりにフォスター公爵は一度大きなため息をつき、ガイゼルをぎろりと睨みつける。

「――まったく何の用かと思えば……わざわざそんなことのために来たのか」

「何？」

「皇帝にまでなっておきながら……よくもそのようなくだらない用件で、俺の前に戻ってこれたものだ」

ガラリと言葉遣いが変わり、フォスター公爵はそのままどかりと足を組んだ。軽く握った手を膝の上に置くと、ふんと鼻で息をする。

「ここにいた時と何も変わらないな」

「貴様もな」

「その呼び名も懐かしい。結局最後までそれだったか」

一触即発の気配を漂わせる両者のやりとりに、ツィツィーはこくりと息を呑む。

ガイゼルが来たがらなかったことから察してはいたが、ここまでフォスター公爵と仲が悪いとは思わなかった。宝石のためとはいえ、顔を合わせたくなかったであろう二人の様子に、ツィツィーは申し訳ない思いでいっぱいになる。

（へ、陛下……大丈夫でしょうか……）

ちらりと見たガイゼルの横顔は、普段よりも数段険しくなっており――不安になったツィツィーは落ち着いてほしいという気持ちを込めて、そっとガイゼルの体に触れる。

その瞬間、普段とは違う『心の声』が飛び込んできた――『受心』だ。

『どうして……どうして「グレン」と呼んでくれないんだ！』

「……!?」

あまりの声量に、ツィツィーは思わずびくりと手を浮かせてしまった。するとガイゼルがすぐに気づき、そっとこちらを振り返る。

「ツィツィー、どうした」

「い、いえ！　な、なんでもありません……」

そうか、という短い返事のあと、ガイゼルは再びフォスター公爵に向き直った。ツィツィーは混乱しながらも、もう一度ガイゼルの体に指先を添える。すると増幅されたグレン・フォスターの『心の声』が、次から次へと聞こえてくるではないか。

『変わらないと言ったが……本当に立派に成長したなガイゼル。よく鍛錬を続けていたのだろう、体つきも以前とは見違えるようだ。しかし仕事が忙しいのか？　やや顔色が悪いのではないか？』

『フォスター公などと他人行儀な！　俺はお前になら「グレン」でも「父上」でも「親父」でもなんとでも呼んでもらいたいというのに……！』

『くっ……しかしまさか嫁を連れて、わざわざ我が家まで来てくれるなんて……なんて孝行な息子なんだろう……。二人が並んで座っている姿を見るだけで涙が出そうだ……。明日は盛大な宴を準備しているからな！』

（⁉　……⁉）

いよいよ理解が追いつかなくなったツィツィーは、頭からかすかに湯気を立ち上らせながら、そろそろとガイゼルから手を離した。すると冷笑を浮かべていたフォスター公爵が、にいと口角を上げる。その顔つきは獲物を狙う猛禽類のようだ。

「今日はもう遅い。部屋は用意してやったから勝手に休むがいい。邸内も自由に歩いて構わん。なに、こちらが礼儀を欠いたなどと王宮で吹聴されてはたまらないからな」

「必要ない。宿なら別に手配する」

「勘違いするな。皇帝陛下のお越しと聞いた領民たちが、明日にでも宴の席を設けたいと申し出ている。まったく……迷惑千万でしかないが、よもや彼らの歓迎を無下にするような君主ではあるまい？」

「貴様の面目を保つ道化になり下がるくらいなら、今すぐ帰る」

（あ、あわわわ……）

対するハシビロコウ――もといガイゼルの、互いに一歩も譲らない会話。だがフォスター公爵の本心を聞いてしまったツィツィーはこのままではまずい！　と慌ててガイゼルに向き直った。

「へ、陛下！　今から帝都には戻れませんし、今日はフォスター公爵のお言葉に甘えては

いかがでしょうか?」

「しかし……」

「ふっ、意地を張って得をすることはないと、昔から何度も教えていたはずだが?」

「……」

意外なことに、珍しくガイゼルの心の声は聞こえない——だが言葉にする必要もないくらい、めらめらと灼熱の炎が燃え上がっていた。もちろん火傷するものではなく、あくまでも感覚的なものである。

(こ、これは……何とかしないといけません……)

いがみ合う二人に、ツィツィーはたまらず眉を寄せた。


夕刻。応接室をあとにしたツィツィーとガイゼルは、そのまま提供された客室へと向かった。護衛たちが隣室に待機し、二人きりになったところで、ガイゼルがソファにどかりと座り込む。

「はー……」

「ガ、ガイゼル様……大丈夫ですか?」

「ああ……」

『あいつは……!　どうしていつもいつもああなんだ……!』

普段、仕事に追い立てられている時でも聞いたことのないような口調。よほど腹立たしいのか、両手で頭を抱えているガイゼルの隣にツィツィーはそっと腰かけた。

「と、とっても迫力のある方でしたね」

「……昔からあんな感じだ。俺が初めてこの邸に来た日も似たようなものだった」

なんでも、ラシーからここフォスター領を訪れたガイゼルに、公爵は開口一番『俺は弱い奴が嫌いだ。子どもでも容赦はしない』と言い放ったのだという。

もちろんガイゼルも自分の立場を理解していたため、歓迎されるとは露ほども思っていなかったが――その言葉通り、フォスター公爵はそれ以降もガイゼルに厳しく当たることが多かった。

「同じ邸に暮らしていても、会話はほとんどなかった。必要な時は交わすこともあったが……そのたびに、さっきのような言い方しかしない」

「そ、そうなんですね……」

「そのくせ、やたらと剣の稽古にだけは付き合わされた。……ある意味、武芸についてはここで鍛え上げられたともいえるか」

フォスター公爵はまだ幼かったガイゼル相手に、本気で戦いを挑んできた。

体の出来上がっていなかったガイゼルは当然こてんぱんに叩きのめされ、満身創痍の日々を送っていたという。おまけに使用人による手助けは禁止されており、ガイゼルは遠巻きに眺める彼らを横目に、自分一人で傷の手当てをしなければならなかった。

「どうしてそんなひどいことを……」

「さあな。軍役を追われた鬱憤でも溜まっていたんだろう」

（本当に、そんな理由なのでしょうか……）

先ほどのフォスター公爵の心の声を聞く限り、ガイゼルを嫌ってそんなことをしたとは思えない。だが当のガイゼルにしてみれば、忌まわしき思い出としてトラウマになっているようだ。なんとか気分を変えてもらおうと、ツィツィーは明るく尋ねる。

「そ、そういえば、ガイゼル様が暮らしたお部屋はどこにあるんですか？」

「……三階だが」

「よければ私、見てみたいです」

だめでしょうか？　と上目遣いをするツィツィーの姿に、ガイゼルは少しだけ機嫌を直したのか、わずかに苦笑すると「ついてこい」と立ち上がった。長い廊下や複雑な階段を迷うことなく歩いていくガイゼルの背中を、ツィツィーはほっとしながら追いかける。

やがて三階のいちばん端の部屋に着いたガイゼルは、慣れた様子で扉を開けた。中にはベッドや本棚、テーブルなど一通りの家具が置かれ、意外にも綺麗に掃除されている。

「もしかして、ガイゼル様が使われていた時のままなのですか？」

「……どうやら、そのようだ」

さすがにこれは予想外だったのか、ガイゼルは懐かしそうにテーブルの天板を撫でていた。ツィツィーもまた、ガイゼルが少年期を過ごしたという部屋を興味津々に見回す。

「本が随分たくさんありますね」

「置き場がないからと、全部あいつから押しつけられたものだ。……まあ、時間だけは無駄にあったからな」

（読めないものもあるけれど……兵法や陣形、と書かれているみたい）

真面目な書目が並ぶ中、ツィツィーは本棚の端に、他とは異なる雰囲気の装丁を発見した。著者名はメディセイン。どうやらタイトルからして恋愛小説のようだ。興味を引かれたツィツィーは、手に取ってぺらぺらとめくってみる。

だが直後、目にも留まらぬ速さでガイゼルに奪われた。

「それも読んでいらしたんですか？」

「読んでない」

「でも本棚に……」

「あいつが勝手に置いていっただけだ」

ややかぶせ気味の返答にツィツィーがきょとんとしていると、ガイゼルの心なしか早口な心の声が聞こえてくる。

『くっ、すっかり忘れていた！　この本まで残っていたとは……』

（陛下が恋愛小説……ちょっと想像がつかないです）

おそらくガイゼルの語彙の豊富さは、読書家なところから来ているのだろう。事実、どの本もしっかりと読み込まれており、椅子に座って真剣に本を広げる小さいガイゼルの姿を想像して、ツィツィーは思わず顔をほころばせた。

そのあともあちこちを見て回っていたツィツィーだったが、やがて窓際から遠くに目をやるガイゼルに気づき、声をかける。

「ガイゼル様、どうかされましたか？」

「……いや、そろそろかと思ってな」

「そろそろ、ですか？」

するとガイゼルは空をじいっと見つめたあと、ツィツィーに手を差し伸べた。

「……良ければ、バルコニーに出てみないか？」

「え？」

誘われるまま足を踏み出すと、ひんやりとした風が吹き過ぎた。澄み切ったその空気の中で、ツィツィーは真っ直ぐに外を見つめる。

眼下に広がるのは、ここに来るまでに通り抜けてきた針葉樹林。そして遥か遠くの山の端は、沈む夕日によって橙色に輝いていた。驚くべきは空の色で、美しいピンク色から薄紫、濃い藍色へと見事なグラデーションを描いている。

まもなく夜を迎える――ほんのわずかな時間にしか見られない、実に幻想的な色彩が全天に広がっていた。

「わあ……！　綺麗ですね」

「大気中の水蒸気が多いと、光の反射でこうした色になるらしい。霧の多いフォスター地方でしか見られない景色だ」

それだけ言うと、ガイゼルはすぐに沈黙した。だがその表情はどこか優しく、ツィツィーは静かに目を細める。すると彼の回想が雪解け水のように流れ込んできた。

『この時間になると、いつもここからラシーの方角を見ていたな……。どれだけぼろぼろになっても、あの空の下にツィツィーがいるのだと思うと、なんとか耐えることが出来た……』

（ガイゼル様……）

『もう二度と会えないかもしれないと、あの頃は何度も諦めかけていた。そのたびに成長したツィツィーを想像して、絶対にもう一度会うと自分に喝を入れて……。それが今はこうして、目の前にツィツィーがいて、しかも同じ景色を見ている。……俺はまだあの時のまま、夢を見ているんじゃないだろうか……』

助けてくれる当てもない。養父となるはずだったフォスター公爵は冷たく接してくるばかり。主の機嫌を損ねないようにと使用人たちからも距離を置かれた。

そんな逆境の中ガイゼルは当然のように心を閉ざし、ただ『ツィツィーに会う』――それだけを生きる希望としていたのだろう。

（ガイゼル様はずっとここから、私を見守ってくれていた……）

そこでツィツィーはふと、軟禁されていたラシーの塔を思い出した。ろくに日も当たらない陰気な場所で、ツィツィーは苦しくなるといつも中庭に逃げていたものだ。もちろん自由に動ける範囲は限られていたが、空だけはいつだって高く広がっていた。

空を見上げる幼い自分と、このバルコニーからラシーを見つめる昔のガイゼルの姿が重なり、胸の奥が静かに音を立てる。

「……ツィツィー」

やがて名前を呼ばれ、顔を上げる。夕日に照らされたガイゼルが微笑んだ。

「綺麗だ」

『――綺麗だ』

久しぶりに耳にした、言葉と心の声が重なる瞬間。

最初は景色のことかと思っていたツィツィーだったが、真っ直ぐに見つめてくるガイゼルの様子に、じわじわと頬が赤くなっていく。するとその一語では語りきれなかった怒涛の賛辞が、堰を切ったように流れてきた。

『白銀の髪が太陽に照らされて、金色に輝いている……初めて大地に女神が降臨した時というのは、きっとこんな風だったに違いない……。俺に絵の才があれば今すぐにでも描き起こしたいところだが……しかしどんなに優れた宮廷画家でも、ツィツィーのこの愛おしさと神々しいまでの美しさは表現できまい……。くそっ、俺の目に映るすべてを完璧にキャンバスに写し取る道具があれば、百枚でも二百枚でも描かせるというのに……！』

（そ、それはちょっと……）

自身の肖像画だらけになったギャラリーを想像してしまい、ツィツィーは慌てて顔を伏せる。だがそのままガイゼルの傍に歩み寄ると、そっと彼の手を取った。

「ガイゼル様、ありがとうございます」

「何がだ」

「こんな素敵な景色をこうして隣で見ることが出来て……とても嬉しいです」

ガイゼルが味わった幼い頃の嫌な記憶は、今後もなくなることはないのだろう。でもこれからは、一緒に同じ景色を見ていくことができる。そうして少しずつ、悲しい思い出もつらい思い出も、幸せなものに変えていけたら……とツィツィーは今この場にいられる幸福に感謝した。

ガイゼルもまた同じことを考えていたのか、ふわりと柔らかく笑う。

その顔には少年期のガイゼルの面影が、少しだけ浮かんでいた。

「ああ、……俺もだ」

その言葉に——故国ラシーの、暗く閉ざされた塔の中にいた小さなツィツィーが立ち上がり、恐る恐る窓を覗き込む姿が目に浮かぶ。頑丈な格子の向こうに広がる大空を見て、あの頃のツィツィーもまたようやく救われたような気がした。

翌日。ガイゼルは公爵領の視察に行くと言い、護衛を連れ早くに出かけてしまった。

一人残されたツィツィーは、朝の支度を同行したリジーに手伝ってもらいながら改めてやるべきことを整理する。ガイゼルの若い頃を知れたのは僥倖だが、ここに来た本来の目的を忘れてはならない。

（とはいえ、フォスター公爵は宝石などもう無いとおっしゃられていますし……）

ツィツィーの持つレヴァナイトよりも小さいとはいえ、かなりの値段がつく石だ。もしも本当に他者に売却したとすれば、大なり小なり記録として残っているだろう。

（それに陛下に対する態度も、いまだ誤解を招いたままです……）

フォスター公爵の心の声を聞く限り、彼はガイゼルのことを溺愛している。だがその態度を一切表に出さないせいで、当のガイゼルからは蛇蝎のごとく嫌われている有様だ。

しかしよくよく考えてみれば、自分もこの力がなければそうなっていたのかもしれない、とツィツィーは苦笑する。

（なんだか、本当に親子みたいですね……お二人はとても似ています）

だがこのままでは一生関係はこじれたままだ。

何とかしたい……とツィツィーは嘆息を漏らす。

（まずは、私に出来ることから頑張りましょう！）

そこでツィツィーは、部屋の隅にいたリジーに声をかけた。

「ごめんなさい。ちょっと考えごとをしたくて……少しだけ、一人にしてもらってもいいですか？」

「もちろんです。では何かありましたら、すぐにお呼びくださいね」

リジーが辞したのを確認し、ツィツィーはゆっくりと立ち上がった。旅装の中から布張りの箱を取り出すとそっと押し開く。中から現れたのは変わらぬ輝きを放つレヴァナイトと――『ツィツィー様ぁ！』と転がり出た白いアザラシだった。

『はーようやく息が出来ます』

「ご、ごめんなさい。大丈夫ですか？」

『今までに比べましたら天国のようです！　それよりここはどこですかな？』

つぶらな瞳をばちばちとさせるアザラシを手に乗せ、ツィツィーはそっと窓辺に向かった。フォスターの地名を伝えてみたが、どうやら精霊たちの生きていた時代にはまだ名はついていなかったらしく、はてと首を傾げている。

『ですがこの場所は見覚えがあります！　たしかケルクルクスの森だったかと』

「ケルクルクス？」

『はい。立派な角を持った、とても穏やかな種族だったと記憶しております』

「もしかして、メラン鹿のことでしょうか？」

教育係からも習ったとおり、ここフォスター地方には野生の鹿が多く生息しており、その角は種々の用途に珍重されている。精霊たち独自の呼称に興味をそそられたツィツィーだが、すぐに本題を思い出した。

「レヴィ、あなたの弟さんが一時期、ここにいたことがあるようなのですが……何か感じたりしませんか？」

『う、うーむ……どうやら弟は石の中で眠ったままのようで……申し訳ございません、分かりませんな……』

「やっぱりそうですよね……」

『ただ、弟の気配が近くにありさえすれば気づくと思います！　ツィツィー様、良ければ当面の間私をご一緒してもらえませんでしょうか？　もちろん、普段はちゃんと潜んでおりますゆえ』

「そ、それは大丈夫ですが……」

するとと突然ノックの音がして、ガイゼルが戻ってきた。ツィツィーは慌ててレヴァナイトの蓋を閉じると、ガイゼルを迎えに出る。

「おかえりなさいませ。視察はいかがでしたか？」

「……以前よりも、町が安定していたように思う」

ヴェルシアという巨大な帝国において、各領地の統治はその土地を有する貴族や有力者の手腕にほとんどゆだねられている。ここフォスター地方は古くから鹿による獣害が頻発しており、歴代の領主たちは皆手を焼いていたのだとか。

そこに彗星のように現れたのが現公爵だ。

「あいつは私財を投じて、畑に柵を張り巡らし、罠を設置した。結果鹿の食害が激減し、さらに捕らえた鹿を解体して資源利用するように指示した。あまりに高値で取引されるので、最近では密猟者もいるという噂だ」

「す、すごいですね……」

「おまけに町には自警団の他、独自の自治組織も結成されていた。領主と領民たちの間には他の地域にはない信頼関係があるようだ」

支配する者とされる者、という図式で描かれがちな貴族と民ではあるが、その関係性は領地によって様々だ。

例えば高額な水車小屋を領主が建てた場合。農民たちのために無料で開放する領主もいれば、蓄財のため高額な使用料を請求する領主もいる。その差を是正する手立ては、まだ存在していないのだ。

納税についても、国で規定しているものを上納してしまえば、あとの徴収は各貴族の裁量に任されている。そのため中には法外な負担を課す者も少なくない。これでは領民から不満が出るのは当然だ。

ならばその土地から引っ越せばいいと思うだろう。だがこうした領主の多くは戸籍の移動に罰金を設けており、川一本隔てた隣の村に住むだけでも、相当の代価を支払わなければならなかった。

このように一方的な搾取になりがちな封建制度だったが——フォスター公爵の統治する領地ではとりわけ融和的な関係が築けているようだ。

（フォスター公爵は厳しいだけではなく、領民思いの方なのですね……）

ツィツィーの抱いた感想は、どうやらガイゼルも同じだったらしく、ソファに座り込むと熱心に考えをまとめていた。

『ランディがよく見ておけと言っていたのはこういう意味か……。確かに他の地方にはないやり方だな。領民に対する不公平の是正は、今のヴェルシアにとって急務だが……一体どのような手法でここまで発展させたのか……』

無表情のまま黙々と考え込むガイゼルを前に、ツィツィーはぐっと両手を握る。

「あ、あの！　良ければフォスター公爵に、詳しくお話を伺ってみませんか？」

「あいつにか？」

「はい。いろいろな方に意見を聞くことは、国を動かしていく上でも大切だと、先生がおっしゃっていましたので！」

もちろんこれはツィツィーの本心である。だがこれをきっかけにガイゼルとフォスター公爵が話をしてくれれば、そこから誤解が解けるかもしれないと考えたのだ。

突然の提案に、ガイゼルは両方の口角をわずかに下げる。

やがて渋々（しぶしぶ）といった風に口を開いた。

「まあ、……一理ある」

『非常に不本意ではあるが……確かにあいつの手腕は見事としか言えないからな。俺もいつまでも過去に囚（とら）われている場合ではないか……。しかし……』

すると再び、扉をノックする音が響（ひび）いた。廊下から執事の声がする。

「皇帝陛下、皇妃殿下。宴（うたげ）の仕度が整いましたので、よろしければ中庭へお越しくださいませ」

その言葉に、二人は揃（そろ）って顔を上げた。

「わあ……！」

外に出てきたツィツィーは、華やかに飾（かざ）り立（た）てられたパーティー会場に目を輝かせた。

　昨日通った時にはどこか物寂しかった庭が、今はたくさんの生花とリボンで彩られている。ずらりと並べられたテーブルには、フォスター地方の名物である鹿肉料理がところ狭しと並んでおり、香ばしい匂いを漂わせていた。

　やがて二人の登場を知った領民たちが、わあと歓声を上げる。

「皇帝陛下、皇妃殿下。この度はようこそお越しくださいました」

「公爵様のご指示を仰ぎ、精いっぱい準備させていただきました。どうか、お楽しみくださいませ」

「はい。ありがとうございます」

　帝都に住む貴族の邸には、ツィツィーも何度か招待されたことがある。だがこうして領民たちに直接歓迎される席は初めてだ。これも普段から、彼らとフォスター公爵が良い関係を築けている証なのだろう。

　頬を赤らめ手を振る参加者たちに、ツィツィーが手を振り返しながら応えていると、ようやく宴の主催であるフォスター公爵が二人の前に現れた。

「失礼、遅くなりました」

「公爵様。このような素晴らしいおもてなし、ありがとうございます」

「皇妃殿下にお喜びいただけて幸いです。……そちらの、先ほどからずっと眉間に皺を寄せている御仁にも、そのようにお伝え願えますか？」

「……聞こえている」

途端にガイゼルが険のある口調になり、ツィツィーはまずいと冷や汗をかいた。慌ててガイゼルの袖を握ると、こそこそと耳打ちする。

「（ガイゼル様、先ほどのお話を伺う好機です！）」

「……くっ」

ツィツィーに促され、ガイゼルは歯噛みしながらフォスター公爵を睨みつけた。

「……フォスター公、その、貴殿のとった政策についてだが——」

しかしその続きは、正門近くから上がった悲鳴によってかき消された。人の波がツィツィーたちの元に押し寄せ、会場内は一気に混乱に陥る。すぐにガイゼルによって背後にかばわれたツィツィーは、その訳を目にして驚愕した。

（あれは……鹿？　でもあんな大きさ、見たことがありません！　それにあの色……）

フォスター地方に生息するメラン鹿は、他の鹿よりも遥かに体が大きい。その体高は成人男性と遜色ないほどだ。だが今パーティー会場に飛び込んできた鹿は、その平均的なメラン鹿のサイズをさらに上回っていた。頭から生える角は体長の三分の一に及び、前方に向かって大きく歪曲している。

おまけに一般的なメラン鹿の体毛は黒なのに対し、目の前にいる巨大鹿は全身を真っ白の毛で覆われていた。瞳も果実のような赤色だ。

がくん、がくんと揺れる奇妙な動きをしており、どうも様子が尋常ではない。

「陛下！　皇妃殿下！　お逃げください！」

早く制圧せねばと、公爵の私兵や腕に覚えのある領民たちが果敢に挑む。だが巨大鹿が首を一振りするだけで、いとも簡単に弾き飛ばされてしまった。それを見たガイゼルは振り返って叫ぶ。

「ツィツィー、下がれ！　邸に逃げろ！」

「は、はい！」

ガイゼルは吹っ飛んだ兵が落とした長剣を拾い上げると、そのまま巨大鹿に立ち向かった。同時にフォスター公爵も剣を構えてその隣に並ぶ。

「傷つけるな！　これは森の長だ」

「分かった」

言うや否や、二人はそれぞれ左右に跳躍した。領民たちをかばうように立ちはだかると、懸命に攻撃を弾き返す。その間も巨大鹿は甲高い声で鳴き続けており——ガイゼルの指示通り邸に向かっていたツィツィーは、その叫びに思わず足を止めた。

（……？）

名状しがたい違和感。体の奥がざわざわとかき乱され、ツィツィーはたまらず胸元を握りしめた。するとぽふんと気の抜けた音のあと、まん丸いアザラシが肩に乗る。

『ツィツィー様！　大丈夫ですか⁉』

「は、はい……ですがさっきから、変な感じがしていて……」

『それはおそらく、あのケルクルクスの声のせいでしょう』

「こ、言葉が分かるんですか⁉」

『語学には多少覚えがありますゆえ！』

　アザラシの言葉に、ツィツィーはようやく合点がいった。先ほどからずきずきと頭を締めつける疼痛――これは『心の声』を強くぶつけられている時のものだ。

（あの鹿が……何かを訴えている……？）

　再び鼓膜を突き刺すような咆哮が響き、ツィツィーはたまらず両耳を押さえた。人間であれば言語が同じだから理解できる――が、動物の心を読み取るのは初めてだ。

（でも、やってみるしかない……！）

　短く息を吐き出すと、ツィツィーは小声でアザラシに話しかける。

「あの、その言葉を翻訳してもらうことは出来ますか？」

『翻訳、でございますか？』

「あの子の心を読み取るので、何と言っているのか教えてほしいんです」

『分かりました、やってみましょう』

　その言葉を聞いたツィツィーは強く唇を噛みしめると、ゆっくりと両手を伸ばした。

睫毛を伏せ視界を閉ざすと、全神経を『受心』に集中させる。

(……っ)

その瞬間、とてつもない重圧に襲われ、ツィツィーは思わず膝をつきそうになった。

ずきん、ずきんと血管の位置が分かりそうなほどの頭痛に耐えながら、懸命に巨大鹿の『心の声』を探る。

すると小さな悲鳴が、ツィツィーの心に響いてきた。はっきりした言葉ではなく、夢を見るようなぼんやりとしたイメージに近い。精霊の力が干渉しているのだろう。

『イタイ……』

(痛い?)

『タスケテ……コドモ……』

弾かれるようにツィツィーは目を開いた。中庭ではガイゼルとフォスター公爵による共闘が続いており、巨大鹿は建物の壁際に追い込まれている。

(もしかして……でも『子ども』というのは一体……)

いよいよ状況は緊迫し、巨大鹿は大声で哮り立った。するとガイゼルは長剣を正面に構え、真剣な顔つきで深く息を吐き出している。それを見たツィツィーは、思わずその場から走り出していた。

「陛下！　お、お待ちください！」

「ツィツィー、何故まだ外にいる！」

「申し訳ございません！　ですがその子は多分、怪我をしているんです！」

その言葉に、ガイゼルとフォスター公爵は構えを解いた。すぐさま巨大鹿に駆け寄ろうとしたツィツィーを、ガイゼルが慌てて引き止める。

「待て！　行くなら俺が――」

だがツィツィーは真っ直ぐにガイゼルを見つめると、大丈夫ですと口を引き結んだ。

「少しだけ、私に時間をください」

その願いに、ガイゼルはしばし複雑な表情を浮かべた。だがツィツィーの迷いのない眼差しに何かを察したのか、最後には前を譲ってくれる。

「……危険を感じたら、すぐに逃げろ」

「はい。ありがとうございます」

ツィツィーはわずかに微笑むと、すぐに巨大鹿と正面から向き合った。恐る恐る近づくと、真っ赤な虹彩を前に必死に思いを訴えかける。

（あなたを傷つけるつもりはないの……お願い、おとなしくして……！）

するとその瞬間、リィンと涼やかな音が響いた。

聞き覚えがあるその音色に、ツィツィーはいっそう精神を集中させる。

（もしかして……精霊が、力を貸してくれているの……？）

激痛を伴う無茶な『受心』とは違う。体の奥から柔らかい波紋が広がっていくような不思議な感覚に、ツィツィーはわずかに息を呑んだ。

なおもなだめるように声をかけ続ける。すると、あれだけ暴れ回っていた巨大鹿がツィツィーには襲いかかる素振りも見せず、ただじっと見つめ返してきた。その様子にツィツィーはようやく一つの確信を得る。

（……私の思いが、伝わっている？）

やがてツィツィーがすぐ傍にまで近づくと、巨大鹿はゆっくりと前肢を折り曲げ、その場にしゃがみ込んだ。ツィツィーはそろそろと全身に目を向ける。

（あった……！　これが怪我の原因ですね）

後ろ肢に突き刺さった大きな金属片を抜くと、巨大鹿はぶるると体を震わせた。その様子にツィツィーはほっと息をつく。

（良かった……。あとは手当てをすれば……）

だが巨大鹿は何かを訴えかけるように、こちらを見つめ続けていた。黙したままこちらの動向を待つ巨大鹿にいざなわれるように、ツィツィーはおずおずと手を伸ばす。

すべすべとした額、白く長い睫毛を持つ赤い瞳――そして耳の傍から生える立派な角に指を添えた途端、巨大鹿はぐいと鼻先を持ち上げた。

「え？」

腕を取られたツィツィーは、とっさにふかふかとした首に掴（つか）まる。すると巨大鹿はそのまま立ち上がり、邸の外を目指して一目散（いちもくさん）に走り始めた。

「ツィツィー!?」

「ガ、ガイゼル様!!」

すぐさま手を離そうとしたツィツィーだったが、巨大鹿はそのままぶんと首を振ると、自身の背中にツィツィーを放り投げた。飛び下りようにもあまりの高さと速度に、恐怖（きょうふ）の方が勝ってしまう。

（い、一体どうして……!?）

あっという間に見えなくなったフォスター邸を背に、ツィツィーは振り落とされないよう巨大鹿にしがみついた。巨大鹿は真っ黒い針葉樹の間を全速力で駆け抜けていき、一直線にどこかに向かっている。やがて流れていく景色がゆっくりになり、ツィツィーはようやく顔を上げた。

「ここは……」

霧のかかった森の奥深く。忽然（こつぜん）と切れ落ちた崖が現れ、谷底には轟々（ごうごう）たる激流（げきりゅう）が逆巻（さかま）いていた。滑落（かつらく）すればひとたまりもないだろう。

ツィツィーが改めて巨大鹿の首にしがみついていると、規則的だった蹄（ひづめ）の音がある一点で止まった。ふん、という鼻息が『下りろ』と言われているかのようで、ツィツィーは慎（しん）

重に地面へと滑り下りる。

　すると木の陰に、小さな鹿がうずくまっていた。

（子どもって、もしかしてこの子のこと……？）

『タスケテ……』

「――！」

　慌てて巨大鹿の方を振り返るが、ツィツィーの方を見つめたまま、その場にじっと佇んでいる。ただならぬ視線の圧を受けたツィツィーは、そろそろと子鹿に近づいてしゃがみ込んだ。体軀を目にした途端、たまらず口元を押さえる。

（ひどい怪我……）

　先ほど巨大鹿にあったものよりも、遥かに大きな金属片が子鹿の前肢に刺さっていた。触れても大丈夫だろうかとためらいつつ、このままにしてはおけないとツィツィーはそろそろと金属片を摑む。途端に子鹿がか細い悲鳴を上げた。

「ごめんなさい、ちょっとだけ、我慢して……」

　ぐっと力を込めて引き抜く。幸いあまり奥には入っていなかったのか、思ったよりも簡単に取り出すことが出来た。痛みの原因がなくなったことに気づいたのか、子鹿はすぐにぴくぴくと耳を動かす。

（子どもも怪我をしていたのね。それで私をここに……）

理由を知ったツィツィーは、急に肩の力が抜けてしまった。そんなツィツィーを心配してか、子鹿がおずおずと鼻先を寄せぺろりと顔を舐めてくる。

「ありがとう、もう大丈夫よ」

　ふふ、と笑いながらツィツィーはゆっくり立ち上がろうとした。すると背後の茂みに隠れていたのか、聞いたことのない男性の声が割り込んでくる。

「ほら、やっぱり待っていて正解だっただろう？」

「子どもの鳴き声に寄ってくるってのは本当だったんだな」

　慌てて振り向いたツィツィーの前に現れたのは、狩りの装備を身に着けた男たちだった。最初は領民かと思ったが、男たちはツィツィーの存在に気づくと、ぎょっと目を剝く。どうやら巨大鹿しか見えていなかったらしい。

「な、何でこんなところに女がいるんだ⁉」

「おいお前、町の奴か？」

「い、いえ、私は……」

「どっちでもいい。ばれないうちにさっさと捕まえて帰るぞ！」

　その口ぶりからツィツィーは、彼らがフォスター領の人間ではないことを察した。この巨大鹿は先ほどフォスター公爵が『森の長』と呼んでいたはず。それを捕獲しようとするのは領民ではあり得ない。となると彼らの正体は――

（密猟者……！）

　蒼白になるツィツィーをよそに、密猟者たちは手際よくロープや武器を構えると、手負いの巨大鹿めがけて襲いかかった。一人が網をかけて自由を奪い、もう一人がナイフで急所を狙う。そのたびに巨大鹿は暴れ狂い、唸り叫んだ。

先ほどの小鹿も、親鹿を助けようと懸命に加勢しようとするが、傷ついた前肢ではまともに走ることすら難しそうだ。

（止めないと……！）

だが背後から強い力で捕らえられ、ツィツィーは短く悲鳴を上げた。どうやら他にも仲間がいたらしく、そのまま羽交い絞めにされる。

「おっと、見られたからにはあんたも帰すわけにはいかねえな」

「離してください！」

「随分綺麗な顔してんなあ。安心しな、あとで俺のものにしてや――」

「――あいにくだが、それはとっくに俺のものだ」

全身に震えが走るような低音と同時に、ツィツィーを捕らえていた力ががくんと弱まった。背後で倒れ込む男に気づき、慌てて振り返る。するとそこには、勇壮な青毛の馬に跨ったガイゼルがおり、ツィツィーは思わず顔をほころばせた。

「ガイゼル様！」

「遅くなった。怪我はないか？」

「私は大丈夫です。ですが……」

　密猟者たちがガイゼルの登場に浮き足立っている間に、フォスター公爵も到着する。

「皇妃殿下、ご無事ですか」

「は、はい」

「あとはお任せを」

　そう言うと二人は、素早く剣を構えて密猟者たちに立ち向かった。突然の奇襲に男たちは大慌てで武器を構える。

「な、なんだお前たちは！」

「貴様らこそ、誰の許しを得てこの森に入っている」

　いくら武装した密猟者たちとはいえ、相手は『戦の天才』と称された氷の皇帝と、その武功だけで公爵位を得た猛者である。男たちは彼らの鎧袖一触の強さに、次々とその場に倒伏した。

（す、すごい……）

　やがてフォスター公爵が最後の一人を縛り上げたのを見届けると、ガイゼルは静かに巨大鹿の元に歩み寄った。そのまま長剣の刃で、がんじがらめになっていた網の一端を断ち切る。

「早く行け」

網から逃れた巨大鹿は、遠巻きに様子を見ていた子鹿の元に素早く駆けつけると、森の奥へと鼻先を向ける。しかしその直後、空気を震わす甲高い叫びを放った。

「何⁉」

「くそ、まだ仲間がいたのか」

見れば巨大鹿の体に、太い矢が突き刺さっている。その射線上には蒼白のまま弓を構えた男がおり、がたがたと恐怖に慄いていた。

「こ、これは、俺たちの獲物だ！」

「馬鹿か、これ以上こいつを怒らせるな！」

ガイゼルは短く舌打ちすると、剣を携え射手の元に走り出そうとした。だがそれよりも早く相手は矢を番え――あろうことか、ガイゼルに目標を定める。

「ダメです！　逃げて――」

だがツィツィーが止めるよりも早く、射手は弦を引き放った。鋭くとがった矢じりの先端が真っ直ぐにガイゼルの心臓を狙う。すぐに片腕で防御の姿勢を取ったガイゼルだが

――その直後、どす、という重々しい音が響いた。

「ガイゼル‼」

しかしツィツィーの悲鳴とは裏腹に、ガイゼルは無傷だった。ガイゼルが掲げていた腕

をゆっくりと下ろす。その視線の先には――彼をかばうようにして、肩に矢を受けたフォスター公爵の姿があった。

「――ぐっ、」

「なっ……！」

矢の勢いに押され、フォスター公爵はバランスを崩すとそのまま崖下へと転落した。

その音に興奮したのか、巨大鹿は今までにない金切声で咆哮する。鼓膜が破れてしまいそうな音波に、ツィツィーはたまらず耳を塞いだ。

巨大鹿は大きく角を揺らすと、自らを射た男めがけて突進する。慌てて逃げ出そうとした射手は、呆気なく谷底へと突き落とされた。

次にガイゼルに狙いを定めたところで――後方から蹄鉄の音が近づいてきた。どうやらガイゼルの護衛や公爵の私兵、領民たちが追いついたようだ。

気配を察した巨大鹿は、そのまま森のさらに奥へと子どもと消えていく。ようやく危機が去ったことを確認すると、ツィツィーとガイゼルは急いでフォスター公爵の行方を捜した。

「フォスター公爵！」

間一髪、フォスター公爵は断崖に露出したわずかな木の根を握りしめたまま、岩壁にとどまっていた。それを見たガイゼルがすぐさま手を差し出す。

「何をしてる！　早く上がれ！」

「……無理だ。怪我をした肩に力が入らん」

「いいから摑め！」

　ガイゼルが叱責するが、フォスター公爵はなおも手を取ろうとはしない。下方は轟々と唸りをあげる急流で、ガイゼルは苛立ったように腕を伸ばすと、無理やりフォスター公爵の手首を摑んだ。

「こんなところで死ぬのは許さん……！」

「ガイゼル……」

　ツィツィーも慌ててガイゼルの体を支える。しかしかろうじてフォスター公爵の体を支えていた木が、ぱらりと土の粒を零した。それを目撃したガイゼルは、すぐさまツィツィーに向かって叫ぶ。

「ツィツィー、離れろ！」

「……！」

　次の瞬間、ものすごい音を立てて崖が崩れた。

　岩に張っていた根が持ち上がり、フォスター公爵の体ががくんと揺れる。とっさにその手を摑み直したガイゼルだったが、重さに耐え切れず——二人はそのまま谷底へと落下した。

きらきらとした銀色のあぶくが、薄く開かれたガイゼルの瞳に映る。

（……？）

それが自身の吐き出した息であると知り、ガイゼルはぼんやりと意識を取り戻した。

途端に激しい痛みが全身を襲い、滑落した時に負傷したのかと自覚する。

（幸い、大したことはないようだが……）

邪魔な外套をなんとか取り払うと、足裏で蹴って水面へと顔を出した。頬が外気に触れた瞬間、今浸かっている水が氷のように冷たいことに気づき、一気に恐怖を感じる。

時刻は日が落ちる寸前。夜がそこまで迫っている。

（あいつは……どこだ……）

急いで周囲を見回すと、川の流れを堰き止めるような大岩の陰に、グレン・フォスターが引っかかっていた。ガイゼルは両手で水をかきながら、慎重に彼の元に泳いでいく。

（とにかく早く……ここから出なければ……）

冷え切ったグレンの体を背負い、ガイゼルは川岸目指して少しずつ移動した。先にグレンを押し上げると、自らも岩に乗り上げる。

「……ここは……どこだ……？」

どうやら流れによって、相当下にまで運ばれたらしい。位置を特定しようにもあたりは断崖絶壁に囲まれている。やがてグレンが意識を取り戻したのか、苦しそうに水を吐き出した。

「ガイゼル……」

「やはりしぶといな」

条件反射のようになってしまった憎まれ口を叩きながら、ガイゼルは剣に巻きついていた飾り布を絞ると、横たわるグレンの傍にしゃがみ込んだ。そのまま彼の体に残る矢傷を強く縛り上げる。グレンは一瞬だけ顔を歪めたが、すぐにふんと口角を上げた。

「下手な手当てだな」

「誰も教えてくれなかったからな」

減らず口のグレンに構わず、ガイゼルはぎりぎりと止血のために締め上げる。きっちりと施されたそれを見て、グレンはぽつりと呟いた。

「……どうして俺を助けた？」

「それはこっちの台詞だ。……何故あの時、俺をかばった」

とん、とガイゼルは肩の傷に指を落とす。グレンはいつものように眉間に深い皺を寄せていたが、はあと心底嫌そうにため息をついた。

「気づいたら体が動いていた」

「は？」

「皇帝陛下をお守りするのが、我ら臣下の役目だろう？」

「……貴様が、それほど忠義に溢れる男だとは知らなかったな」

わざとらしいグレンの物言いに、ガイゼルは呆れたように眉を寄せた。だがすぐに凍えるような寒さを覚えると、グレンの体を起こそうとする。

「もういい。とにかく早く戻るぞ」

しかしグレンは動こうとしなかった。不審に思ったガイゼルがさらに力を込めると、グレンが苦々しく口を開く。

「無理だ。足をやられた」

「ならば背負って……」

「道に迷ったら無駄に体力を消耗するな。昔教えただろう」

その言葉にガイゼルは口をつぐんだ。確かに以前――まだガイゼルがここに来たばかりの頃、口うるさく言われたことを思い出す。さらにグレンが続けた。

「俺を置いていけ。お前だけならなんとか崖を上がれるだろう」

「この状態で何を言っている。それよりも助けを……」

「落ちた場所からどれだけ離れていると思っている。ここを捜し出すのに早くて三日はかかるぞ」

満身創痍でありながらなおも冷静なグレンに、ガイゼルはぐっと唇を噛み締めた。彼の言う通り、グレンを抱えて二人で移動することは悪手だ。しかし助けを待つと言っても、大量の出血に低体温――

(このままでは……こいつは……)

すぐにでも処置をしなければ危険な状態だ。『死』という単語がガイゼルの頭をよぎり、首元に死神の鎌を押しつけられたような怖気に襲われる。

しかし当のグレンは上着を探ると、黒い短剣をガイゼルに向かって差し出した。

「これを。何かの役には立つだろう」

「……？」

思わず受け取ったガイゼルが鞘から抜くと、美しい剣身が現れる。

実戦用――というよりは祭事や観賞のために作られたものらしく、切っ先から柄頭まで漆黒で統一されていた。鍔の中央には大きな宝石がはめ込まれており、その見覚えのある色合いにガイゼルはまさかと呟く。

「これは……レヴァナイトか？」

「嘘をついたことは謝ろう。……もとより、お前に渡すつもりで持っていた」

「俺に？」

呼吸が先ほどより浅くなっている。突然のことに理解が追いつかないガイゼルに向けて、グレンは苦笑を滲ませた。

「俺の生家では、当主から正式な後継者に短剣を贈る習慣がある。残念ながら次男の俺は賜ることが出来なかったが——せめてその真似事くらいはしてみたかった」

「後継者……だが、俺は……」

「分かっている。……お前がしがない公爵家の跡継ぎなどで、収まるとは思っていなかったからな」

そこでグレンはぽつりぽつりと、ガイゼルとの思い出を口にし始めた。

戦いしか能のない自分に子育ては無理だと、最初の頃はどう接していいか戸惑ったこと。何を話せばいいか分からず、結局剣技を教えるばかりになってしまったこと。

そしてガイゼルの天賦の才を見出してからは——自身の持つ技術のすべてを叩き込んでやろうと思ったこと。

「武芸、衛生、気象と地形を生かした兵法……お前がいつかこの国の覇者となる日のため、俺が与えられるものはそれくらいしかなかった」

だから先帝が崩御した時——家から出て行くガイゼルを止めなかった。

初めて耳にするグレンの本心に、ガイゼルはたまらず首を振る。

「何を今更……大体、俺との繋がりを拒んでいたのは貴様の方で……」

「俺は、お前がいつか皇帝になるかもしれないと考えていた。だから養子縁組を結べば、それがお前を縛ってしまうのではないかと……どうしても言い出すことが出来なかった……。結果として……俺がお前の枷にならずにすんで、良かったと思っているよ」

ガイゼルの喉の奥が、たまらずくうと音を立てる。

長い間氷漬けにしていた悲しい記憶が、少しずつ溶けていくようだった。

「どうして……今になって言う気になった」

「戦場で多くの仲間を見送ってきた。……自分の死に時くらい、分かる」

聞きたくなかった言葉がグレンの口から発され、ガイゼルはこくりと息を呑んだ。理解していた。どうしてこの男が、こんなことを打ち明けたのか。

「……グレン」

「ようやく、名前を呼んだな」

グレンは嬉しそうに目を細めると、げほ、と濁った咳を吐き出した。ガイゼルが慌てて顔を上げると、弱々しく手を握られる。

「今まで悪かった。ガイゼル」

「……」

「早く行け。日が落ちる前に」

その言葉に、ガイゼルは長く沈黙していた。だが短剣を懐に収めるとゆっくりと立ち上がり、そのままグレンを肩に担ぎ上げようとする。

「……っ、さっき言ったことを忘れたのか。俺のことはいい、お前だけでも――」

「冗談じゃない。貴様にここで死なれては、俺の寝覚めが悪い」

「しかし――」

ガイゼルはグレンの言い分を無視し、しっかりとグレンの腕を自身の肩に回させた。思ったよりも重量感のない義父の体に、遥か大きな背を追い越したくて、剣術に励んだ日々の記憶が甦る。

（俺は……いつの間にか、こいつより大きくなっていたのか……）

ひたすらに無愛想で、何を考えているのかまったく分からなかった。

ただ剣を手にした時だけは、戦神のように恐ろしかったことを覚えている。

その強さにだけは――憧れていた。

「グレン、貴様に言い忘れたことがある」

「……なんだ」

「剣を振るうお前の力は絶対的で、あの頃の俺はずっと、お前を恐れていた」

「……」

「だが同時に……尊敬も、していたんだ」

一方的な鍛錬を終え、傷だらけのガイゼルを放置して去っていくグレンの姿。

悔しい。どうして。痛い。逃げ出したい。様々な思いが駆け巡る。

だが歯を食いしばり、起き上がった自分がたどり着くのはいつもたった一つ。

俺もいつかはあんな風に強くなりたい。

彼の背中を見上げるたび、ガイゼルはそう誓っていた。

「お前は恐ろしいほど冷淡で、苛烈で、容赦がなかった。だが剣を交えている時だけは、いつだって真剣に俺を見ていた。俺はそれが……嬉しかった」

王宮にいる時は、まるでそこにいないように扱われることも多々あった。兄たちが浴びる光の反対側に出来た影の中で、息を潜めるように暮らしていた。王宮を追われると知った時、いよいよ自分の居場所はなくなるのだと覚悟した。

そんなガイゼルにとって、何の価値もない自分に真っ正面から向き合ってくれた――生きていく場所を与えてくれたのが、他ならぬグレンだったのだ。

押し黙ったままのグレンを支えたまま、ガイゼルが一歩を踏み出す。

「行く当てのなかった俺を受け入れて、鍛え上げてくれた。おかげで俺は今、こうして生きている。本当に――ありがとう」

もう一歩、また一歩と歩み続ける。やがてグレンの噛みしめるような忍び泣きが伝わってきて、ガイゼルは静かに目を瞑った。骨が軋むような痛みも、全身を襲う疲労感も何一つ変わっていないはずなのに、不思議とガイゼルの心は晴れやかだった。

（……ツィツィー）

ああ。今すぐ、君に会いたい。

今この胸の奥にある気持ちをすべて打ち明けたい。

君は笑ってくれるだろうか、それとも泣いてくれるだろうか。

（だから……こんなところで死ぬわけにはいかない）

ガイゼルは改めて大きく息を吐き出すと、ゆっくりと目を見開いた。二人分の重たい体を引きずるようにしながら、わずかに開けた岩壁に向かってひたすら進んでいく。

「グレン……死ぬなよ」

ようやく本当の気持ちが通じ合ったというのに。

こんなところで、ろくに話も出来ずに別れるなんて――絶対に、絶対に嫌だ。

「俺はまだ……お前に言いたいことが、山ほどあるんだ……！」

だが足を進めるたびにグレンの呼吸が浅くなっている気がして、ガイゼルはたまらず奥歯を噛みしめた。すると頭上から――世界でいちばん愛しい声が降ってくる。

「――ガイゼル様！」

グレンが驚きに息を呑んだのを背中で感じ取り、どこか誇らしげに高みを仰ぐと、ガイゼルはふっと微笑んだ。

「知らなかったか、グレン」

そこにいたのは女神――ではなく、護衛や領民たちと共にこちらを見下ろすツィツィーだった。彼女はガイゼルの姿を見つけると、その大きな目いっぱいに涙を浮かべている。

ガイゼルはそんなツィツィーを見て、嬉しそうに目を細めた。

「――俺の妻は、人を捜すのが抜群に上手いんだ」


『兄上ー！』

『弟よー！』

テーブルの上でひしと抱き合う白黒二匹のアザラシたちを、ツィツィーは嬉しそうに見つめていた。どうやら黒い毛で覆われている方が弟らしい。

傍らにはレヴァナイト。そして――ガイゼルがグレンから贈られたという装飾用の黒い短剣が置かれている。

「無事に再会できて良かったです」

『これもツィツィー様のお力添えのおかげです！　本当にありがとうございます！』

やがてアザラシたちはびしっと並び立つと、恭しくツィツィーに向かって頭を下げた。

『このご恩は一生忘れません。つきましては我ら兄弟、これからツィツィー様のお傍で誠心誠意尽くさせていただければと』

「えっ!?　そんな、大丈夫です」

『いえいえ！　こうでもしないと、わたくしどもの気が収まりませんので』

きらきらと目を輝かせるアザラシを見て、ツィツィーは微笑んだ。

「ありがとうございます。では、また何かお願いしたいことが出来たら、その時は力を貸していただけますか？」

『ツィツィー様のご用命とあらば喜んで！　お呼びいただければ、いつでも参じますとも！』

とも！　と隣にいた弟も返事をする。

その可愛らしさに、ツィツィーは再び笑みを零した。

それからしばらくして、グレンの様子を見てくると言ったまま外していたガイゼルが、ようやく部屋へと戻ってきた。

「ツィツィー、そろそろ出立の時間だ」

「あ、はい！」

ツィツィーは慌てて立ち上がると、レヴァナイトを鞄へとしまった。ありがとうございますとガイゼルに短剣を差し出す。

「この石で合っていたのか?」

「はい。無事に弟さんと会うことができたみたいです」

「……ならばいいが」

相変わらず無表情のガイゼルが、大切そうに短剣を懐に入れるのを見て、ツィツィーは思わず目を細める。昨夜寝る前も、ずっとためつすがめつ眺めていた。言葉にはしないものの、よほど嬉しかったのだろう。

「でもまさか、こんな形になっているとは思いませんでした」

「まったくだ。グレンの奴も、それならそうと言えばいいものを……」

ここに着いたばかりの日、ガイゼルに贈るために加工に出したとグレンは言っていた。

だがその真相は、ガイゼルに贈るためにレヴァナイトを手放したがゆえであり、いざ短剣が出来上がったところでなかなか渡す機会を得られなかったから、という理由だったのだ。

(それなのに突然本人に宝石を見たいと言われて……さぞかし驚いたでしょうね)

フォスター公爵自身は明言しなかったが、どうやら以前王宮で開かれた観月の宴にこっそり来ていたのも、ガイゼルに短剣を贈るという目的があったようだ。だがなかなか本人と話す機会がなく、そのまま持って帰ってしまったらしい。

つまりあの時、ガイゼルに向けられていた鋭い視線は敵意ではなく——ただ話しかける隙を窺っていた、というだけだった。

（そういうところも……なんだか本当の親子みたいです）

やがて玄関ホールに下りた二人は、邸中の使用人たちに迎えられた。その奥から松葉杖をついたフォスター公爵が現れ、ツィツィーに向かって微笑みかける。

「皇妃殿下。このたびは本当にありがとうございました」

「こちらこそ、大変お世話になりました」

「また、危険な目に遭わせてしまったこと、深くお詫びいたします。皇妃殿下のおかげで密猟者たちを捕らえることも出来ましたし……今後はより警戒を強める所存です」

やがてフォスター公爵はガイゼルの方に向き直ると、深々と頭を下げた。

「皇帝陛下。改めて我が命お助けいただきましたこと、心より感謝申し上げます」

「もういい。しばらくはゆっくり養生しておけ」

「御意に」

するとガイゼルは、フォスター公爵に向けて手を差し出した。少し驚いた表情を見せたフォスター公爵だったが、すぐにその手を取ると力強く握り返す。ガイゼルがわずかに優しい顔つきになったことに気づき、ツィツィーはその光景を嬉しそうに見守った。

やがてフォスター公爵がツィツィーの方に向き直る。

「しかし、皇妃殿下には驚きました」

「え？」

「よくあの場所が分かりましたな。森に慣れた領民たちでも、なかなか立ち入らない難所でしたのに」

「それは、その……」

まさか、強く自分を呼ぶガイゼルの『心の声』を手がかりに捜し当てたとも言えず、ツィツィーは曖昧な笑顔を浮かべる。すると隣にいたガイゼルがそっとツィツィーの肩を抱き寄せ、どこか得意げに一笑した。

「当たり前だ。なんといっても、この俺の妻なのだからな」

「へ、陛下……！」

真っ赤になるツィツィーと素知らぬ顔をしているガイゼルを見て、フォスター公爵はまるで眩しいものを見るかのように目を細めた。

やがて箱馬車の準備が整い、ガイゼルは一足先に玄関口に足を向けた。それを見てツィツィーは、こっそりとフォスター公爵に話しかける。

「あの、公爵様」

「グレンで構いませんよ、皇妃殿下」

「は、はい。では、グレン様……その、ありがとうございます」

はて？　と首を傾げるフォスター公爵に、ツィツィーは慌ててつけ足す。

「小さい頃のガイゼル様を育ててくださって……おかげで、今の陛下がおられるのだと思うと……」

「礼を言われるほどのことはしておりません。私は……彼の父親にはなれなかった」

強くあってほしいと、傷ついているガイゼルを抱きしめもしなかった。

何を伝えればいいか分からず、優しい言葉一つかけてやれなかった。

「恨まれて当然の男です。本当に、情けない……」

寂しそうに俯く姿がガイゼルにそっくりで、ツィツィーは静かに目を細めた。

「そんなことはありません。……ご存じですか？　陛下が王宮で『戦の天才』と呼ばれていることを」

「戦の天才……ですか？」

「はい。それはきっとグレン様という、素晴らしい師がおられたからだと思います」

剣の持ち方。体重移動のコツ。強い相手の攻め方。大人数に囲まれた時の立ち回り。どんな過酷な状況でも一人で生き残れるように。かつ軍隊を率いることも出来るように。

いつガイゼルが皇帝の座を望んでも、戦い抜けるように。

口では教えられなかった。だから体に叩き込んだ。

ガイゼルはそれを余すところなく、きちんと自身のものにしていたのだ。

「だから、ずっとお礼が言いたかったのです。ガイゼル様を、大切に……愛してくださって、本当にありがとうございました」

　ツィツィーのその言葉を聞きながら、フォスター公爵はしばらく瞑目していた。だがゆっくりと隻眼を開くと、いつになく穏やかに微笑む。

「こちらこそ、お礼を言わねばなりませんな」

「え？」

「あなたが傍にいてくれたおかげで、ガイゼルは随分変わったようだ」

「そ、そうでしょうか？」

「ええ。……どうぞこれからも、彼を支えてやってください」

「……はい！」

　そこでツィツィーはようやく、ここに来た当初の理由を思い出した。

「それからあの、レヴァナイトの件なのですが」

「ああ、その節は大変失礼いたしました。ずっと手元にはあったのですが、なかなか表に出すきっかけがなく……」

「いえ、とても素敵な贈り物だったと思います」

　ガイゼルが大切に懐に入れていたことを伝えると、フォスター公爵は照れを隠すようにして笑った。

「それは良かった。……実は、ガイゼルの瞳の色とよく似た宝石だと思って手に入れたものなのです」

フォスター公爵の言葉に、ツィツィーは目を真ん丸にする。

（ま、まさか、私のティアラと同じ理由で選んでいたなんて……）

だがそのおかげで精霊の兄弟は再会することができ、ガイゼルとフォスター公爵の心も通じ合えたのだ。奇跡のような偶然をツィツィーが説明すると、フォスター公爵もまた同じように驚いていた。

「そうでしたか……しかしあいつは、私と皇妃殿下が同じ理由で宝石を選んだと分かると、嫌な顔をしそうですからな。このことは、私どもだけの秘密ということで」

「ふふ、分かりました」

密やかに組まれた『ガイゼル大好き同盟』。

松葉杖をついたまま、フォスター公爵が深く頭を下げる。それを受けたツィツィーもまた、正式な礼を返すのだった。


「ツィツィー、そろそろ行くぞ」

「あ、はい！」

箱馬車の前に立つガイゼルに呼ばれ、ツィツィーは慌てて外に出た。最後にもう一度フォスター公爵の方を振り返り、おずおずと口にする。

「あの、お怪我の具合があるのでご無理は言えないのですが……良ければ、結婚式に参列していただけると嬉しいです」

「もちろんですとも皇妃殿下。さぞやお美しい花嫁姿が見られますことを、心より楽しみにしておりますよ」

「……あとで招待者名簿から外しておくか」

「ガイゼル様!?」

「残念だったな。『公爵位は全員強制参加』と王佐補ランディ殿からのお達しだ」

「くっ……」

本気で悔しそうな顔つきのガイゼルに苦笑しながら、ツィツィーはフォスター公爵や使用人たちに改めてお礼を伝え箱馬車に向かった。そこでふと思い立ち、ガイゼルの袖をくいっと引いてこっそり何かを伝える。

「……は?」

「きっとグレン様も、喜ばれると思います」

ツィツィーが箱馬車に乗り込んだあと、ガイゼルも続こうとする——が、最後にもう一度フォスター公爵の方を振り返ると、わずかに頬を赤くしたままぎこちなく口を開いた。

「——父上。……お元気で」

「……ガイゼル」

言うが早いか、ガイゼルはさっと踵を返した。背後からグレン・フォスターの小さな声が聞こえてくる。

「ああ。またな」

その言葉にガイゼルは満足そうに口角を上げ、ツィツィーとガイゼルを乗せた箱馬車はゆっくりと帝都に向かって走り出した。


馬車列がフォスター領を抜けた頃、隣に座っていたガイゼルがちらりとツィツィーを見た。

「そういえば、さっきグレンと何を話していたんだ？」

「ええと、その……ガイゼル様を育ててくださって、ありがとうございます、と……。す、すみません、差し出がましかったでしょうか」

「……いや、お前らしいと思ってな」

そう言うとガイゼルは、ふっと目を細める。

「ならば俺も礼を言わねばな。……ここに来ようと言ってくれて、感謝する」

「ガイゼル様……」

「お前が言い出さなければ、俺はきっと一生この土地に足を踏み入れることはなかった。グレンの思いを何も理解できないまま、あいつを避け続けていただろう」

窓の外に目を向け述懐するガイゼルの横顔を、ツィツィーは嬉しそうに見つめる。それに気づいたガイゼルは視線をこちらに向け、わずかに口角を上げた。

「ところで……聞き間違えでなければ、俺が密猟者に矢を射られた時――『ガイゼル』と呼ばれた気がするんだが？」

「え？」

突然の指摘にツィツィーは慌てて記憶を掘り起こす。言われてみればガイゼルに迫る危機で頭がいっぱいで、つい呼び捨てにしてしまった。

「す、すみません、あの時は、その」

「よく考えてみれば、夫婦となる者同士で敬称をつける必要はないと思ってな。いい機会だ、もう一度呼んでみろ」

「で、ですが、ガイゼル様を呼び捨てなんて……」

「いつもとは言わない。二人きりの時だけでいい」

「で、でも……」

『あの時は俺もそれどころではなかったからな……出来れば改めて、その音を耳に刻みつけたい。しかし……相当恥ずかしがっているようだからさすがに厳しいか？　いや、しかしこれから少しずつ呼ぶのに慣れてもらうためにも、どうか……頼む、一言でいいから……ガイゼルと呼んでくれないだろうか……その鈴を転がすような可憐な声で、俺の名前を……！』

（よ、呼ぶハードルがどんどん上がっています！）

ガイゼルのまさかの要求に、ツィツィーの心臓は早鐘を打ち始めた。だが期待に満ち溢れたガイゼルの心の声を前に、もう逃げられないと察する。

やがて覚悟を決めたツィツィーは、意地悪く覗き込んでくるガイゼルをそうっと見上げると、顔を真っ赤にしたまま囁いた。

「ガ……」

「うん？」

「ガイ、ゼル……？」

「……」

何とか口にはしたものの、次第に途方もない羞恥心にツィツィーは襲われる。

だがそれはガイゼルの方も同じだったらしく、何度かぱちぱちと瞬きを繰り返したあと、さっと頬に朱を注ぐと再び窓の方に顔をそらした。

「あ、あの、ガイゼル様？」

「まあ、いきなり変えろというのも酷だろう」

「で、ですが先ほどは」

自分が呼べと言ったわりには、何故か目も合わせようとしないガイゼルに、ツィツィーはたまらず抗議する。すると、先ほどよりも饒舌な心の声が流れ込んできた。

『なんだ、この破壊力は……!? 想像していた数倍……いや数十倍素晴らしかったんだが……。おまけに上目遣いではにかむように言われるのが、ここまで可愛らしいとは……。今後は様を取るように言おうかと思ったが、今はまだダメだ……俺の方が先に昇天してしまう……。ツィツィーが暗殺者だったら、俺はなす術もないな……』

(いつも思うのですが、その発想は一体どこから出てくるのでしょうか……)

なおもつらつらと並べ立てられる己への賛辞を聞きながら、ツィツィーは少しだけ微笑んだあと、心の中で『ガイゼル』と呼ぶ練習をしてみるのだった。

第五章 陛下、我慢の限界です。

ウエディングドレスにティアラと、予期せぬ出来事に巻き込まれたツィツィーとガイゼルだったが、その後はなんとか無事に様々な準備を進めることができた。
そうしていよいよ——結婚式、当日を迎える。

「妃殿下、お支度が整いましたわ」

鏡の前で目を瞑っていたツィツィーは、ゆっくりと瞼を上げた。

背後には感極まった半泣き状態のリジーと、着付けを手伝ってくれたメイドたち。そしてエレナが誇らしげな顔つきで立っている。

「妃殿下……なんてお美しい……」

「ありがとうリジー、でもそんなに泣かないで」

いよいよ涙を零し始めたリジーをなだめ、ツィツィーはそっと反対側にいるエレナを振り返った。長かった赤髪はばっさりと切られており、今は肩につくかつかないかという短さになっている。

「エレナも。そういえば、髪を切ってしまったのね」

「はい。自分に気合を入れたくて」

その直後、更衣室の扉が叩かれた。

恭しく開かれた扉の向こうから儀典長らが現れる。

「お待たせいたしました、皇妃殿下。それではお出ましください」

「――はい」


王宮の最も奥部にある礼拝堂。

定められた儀式にのみ開かれ、あらゆる争いごとを禁じている聖域だ。

歴史ある建物が生み出す独特な空気の中、正面に見えるのは青を基調とした円いバラ窓。そのすぐ下にはこれもまた荘厳な三面のステンドガラスがはめこまれている。中央の身廊には鮮やかな赤の絨毯が敷かれ、祭壇までの道を一直線に示していた。列柱のアーケードを挟んだ左右の側廊には、内外の名だたる諸侯やラシーからの関係者が参列しており、主役の登場を今や遅しと待ち受けている。

やがて古めかしい木の扉が開き、わずかな衣擦れの音が続いた。

現れたのは純白のドレスをまとった皇妃。

艶やかな銀髪は丁寧に結い上げられ、顔は精緻な縁取りのベールによって隠されている。水鳥のようなすっとした首筋と鎖骨を主張しつつ、胸元から肩にかけては、名手が長い時間をかけて編み込んだ繊細なレースに覆われていた。

細くくびれた腰には、繻子織のリボンがプレーンとフリルの二種類巻かれており、白薔薇と蝶の装飾で留められている。ドレスには華燭に照り映える最高級の絹布が使われ、スカートの正面には銀糸で刺繍された皇家の紋章が輝いていた。

けして派手ではない、シンプルなシルエット。だが最新の流行りと、皇族としての格式を絶妙なバランスで取り入れたデザインは、参列していた多くの女性の目はもちろん、ドレスの知識に疎い男性でさえも魅了した。

堂内は感嘆の雰囲気に溢れ、誰もが皇妃の一挙手一投足に注目する。

その視線を一身に受けながら、ツィツィーは一歩、また一歩と歩を進めた。赤い絨毯の上に、月光をすかし込んだようなベールの裾がゆっくりと広がっていき、やがてツィツィーは祭壇の前にたどり着く。

「……」

顔を上げると、そこにはガイゼルが立っていた。

光沢のある黒の衣装に、銀の肩章と飾緒が彩りを添えており、紋章が刻印された金釦が輝いている。頭上には金細工のサークレットを戴き、彼の黒い髪を一層引き立てていた。絢爛なマントを片方の肩にかけ、神話における創生神のような思わずひれ伏したくなる気品を漂わせている。

　ガイゼルの前に到ったツィツィーは、下壇でそっと膝を折った。脇に控えた聖職者が読み上げる朗々とした祈りの言葉を、その姿勢のまま謹聴する。

　やがてヴェルシアの恒久の平和と繁栄を願ったあと、壇上にティアラの載った枕が届けられた。ガイゼルはツィツィーの顔を隠すベールを持ち上げると、そっと口を開く。

「――私の心はあなたを守り、私の腕はあなたの盾となるだろう」

　ガイゼルの低く心地よい声が、ツィツィーの全身に触れる。

「私があなたを愛するのと同じだけ、私を――この国を愛してほしい」

　はい、というツィツィーの返事を受け、ガイゼルは星粒のようにまたたくティアラを手に取った。俯くツィツィーの頭上に白銀のティアラが授けられる。ガイゼルの手が離れたことを確認すると、ツィツィーはゆっくりとその場で立ち上がった。

　ティアラ中央に輝く巨大なレヴァナイト。

　どの角度から見ても完璧な煌めきを見せるその宝石は、見る人すべてにぞくりとした憧憬をもたらした。それはまるで、闇夜の持つ妖艶な魅力だけを丁寧に抽出して、丹念に磨き上げたかのようだ。

それを取り囲む銀細工には、メレダイヤと真珠がふんだんにあしらわれている。名匠の手による実に緻密な細工で、触れるのもためらわせる敬虔さを放っていた。もはや『人の身に余る代物ではないか』とすら思わせる贅を尽くしたティアラだ。

だがツィツィーが身に着けた途端、それは彼女を引き立てるためのただのアクセサリーへと変化する。

非常に美しいがどこか凶暴さを秘めていて、まるで野獣のような装飾品。しかしツィツィーの美貌と控えめな笑みの傍にあるだけで、借りてきた猫のようにおとなしくなるのが誰の目から見ても明らかだった。

当の本人はそのことに気づいていないのか、晴れ渡った空のように輝く瞳をただ真っ直ぐにガイゼルへと向けていた。そして優しく口を開く。

「――互いは互いのために、二人はヴェルシアの子らのために」

その言葉にガイゼルは、ほんのわずかに微笑んだ。

緊張のあまり、まったく周囲の光景が目に入っていなかったツィツィーだが、何故かそのガイゼルの顔だけがはっきりと見える。心の中がじんわりと温まるような感覚に、ツィツィーは花がほころぶような笑みを返した。

やがて壇上に上がったツィツィーは、ガイゼルの隣に並び立つ。誓いのキスを、という聖職者の声とともに二人は向き合った。

顔を傾け、優しく触れるだけの口づけを交わす。
その瞬間――澄み切った鐘の音と、祝福の拍手にヴェルシア中が包まれた。

結婚式のあとは王宮に移動し、今日の良き日を祝う市民たちに向けて、皇帝夫妻がバルコニーへ出た。敷地内に入りきれなかった人々が、城壁の外や大通りにまで溢れ返っており、ツィツィーはその賑わいに緊張しながらも懸命に手を振る。

特に元気よく飛び跳ねている子どもの姿に目を向けると、ディータの娘であるアンリが両手を高く掲げていた。ディータ自身は王宮内の警護責任者となっているはずなので、付き添いの大人と一緒のようだ。

「ガイゼル様、見てください。アンリがあそこに」

「ああ、本当だ」

隣に立つガイゼルにこっそりと耳打ちすると、彼もまた懐かしむように微笑んだ。ツィツィーはアンリに向けて精いっぱい手を振り返すと、再び他の歓声へと視線を戻す。

そうして一時間ほどのお手振りを終えたツィツィーたちだったが、まだまだ休むには程遠かった。

「素晴らしきヴェルシアの母の誕生に――乾杯」

今度は王宮内の大広間で、諸侯らとの食事会だ。

乾杯、と会場のあちこちからグラスが掲げられる。ようやく喉を潤せるとツィツィーが一口傾けると、薄金色の液体からしゅわりと泡が立ち上った。舌に絡む独特の味に、アルコールだったとあとから気づく。

食事といっても挨拶の場であることに変わりはなく、上座に並ぶツィツィーとガイゼルの元には、ひっきりなしに貴族たちがやってきた。次々と交わされる祝辞と返礼、ガイゼルに忠誠を誓う声、ツィツィーに向けられる賛美。

やがて現れた一組の貴族の姿に、ツィツィーはぱあと笑顔になる。

「ルカ様！　お久しぶりです」

「皇妃殿下。本日はおめでとうございます」

すっかり怪我を治したルカの様子に、ツィツィーはほっと安堵する。隣に立つエレナの方を振り返ると、改めてお礼を口にした。

「素敵なドレス、本当にありがとうございました」

「い、いえ！　わたしの方こそ……皇妃殿下には感謝してもしきれないほどです」

そう言うとエレナは控えめながらも、嬉しそうに微笑んだ。そこには初めて会った時のような怯えた様子はなく、工房と職人たちを取りまとめる女主人としての風格すら漂っている。

「本当に……色々と、ありがとうございました」

「エレナ……」

今にも抱き合って泣き出しそうな二人を前に、ルカはわずかに苦笑するとガイゼルの方を仰いだ。

「陛下。素晴らしき日になりましたこと、心からお祝い申し上げます。このような場で大変恐縮なのですが……『例のお話』をお受け出来ればと存じまして」

「いいのか？」

「はい。工房はすでにエレナに任せていますし、私がいても邪魔になるだけでしょう」

眼鏡の奥で目を細めるルカを、ガイゼルは静かに見つめ返した。だがわずかに睫毛を伏せると口角を上げ、そのまま手を差し出す。

「――これから、よろしく頼む」

「皇帝陛下の御心のままに」

（ガイゼル様……？）

握手する二人に気づき、ツィツィーは不思議そうに首を傾げた。それを見たルカはエレナに目くばせし、兄妹揃って深々と礼をする。

「我がシュナイダー家は、これからも幾久しく皇家に尽くす所存です。……どうぞこれからも、よろしくお願いいたします」

「はい！　こちらこそ」

ツィツィーがその場で膝を折ると、エレナの視線とぶつかる。二人はそのまま楽しそうにふふっと微笑み合った。


その後も絶え間なく挨拶は続き、さすがのツィツィーも疲れを感じ始めた。

だが招待に応じてくれた方々に失礼は出来ないと、必死に口角を上げ続ける。

(だ、大丈夫です！　最後まで頑張らないと……)

すると隣に立っていたガイゼルが、ふいとどこかに視線を向けた。何かしら、とつられて見ようとしたツィツィーの元にヴァンが颯爽と現れる。

「皇妃殿下、奥の部屋でお客様がお待ちです」

「え？　で、ですが……」

「……少し、陛下と一緒に休憩なさってください」

一気に声をひそめたヴァンの言葉に、ツィツィーは慌ててガイゼルの方を振り返った。どうやらあらかじめ席を立つ合図を決めていたようで、余裕めいた笑みを浮かべている。

ヴァンに導かれるまま席を離れ、別室へと移動する。

人々の喧騒が一気に遠くなり、ツィツィーはようやくほっと息を吐き出した。同じく部屋に入ってきたガイゼルに、ありがとうございますと微笑みかける。

「やっぱり緊張してしまいますね」

「今までとは桁が違うからな。無理もない」

ガイゼルの気遣いが嬉しくて、ついにっこりしてしまう。だが扉を叩く音が聞こえ、ツィツィーはすぐさま背筋を正した。それを見たガイゼルがふ、と口元に手を添える。

「ヴァンが言ったことは、両方とも本当だ」

「え？　両方って……」

やがて扉が開かれ、ヴァンが来賓を招き入れた。その姿にツィツィーは驚喜する。

「グレン様！　来てくださったんですね」

「もちろんです、皇妃殿下」

執事が押す車椅子に乗ったまま、フォスター公爵は恭しく頭を下げた。来訪を喜ぶツィツィーだったが、痛々しいその姿に心配そうに眉尻を下げる。

「足のほうはいかがですか」

「少し時間はかかりますが、医者は治ると言っております。そのように不安な顔をされずとも大丈夫ですよ」

「良かった……」

安堵するツィツィーに礼を述べたあと、フォスター公爵はガイゼルへと向き直った。

「皇帝陛下、此度はご成婚おめでとうございます。心よりのお祝いを申し上げます」

「こちらこそ遠方よりの尊来、感謝する」

するとフォスター公爵はガイゼルを見て、ふっと口角を上げた。

「いえいえ。お美しい皇妃殿下の晴れ舞台ともあれば、足の一本や二本折れていても馳せ参じませんと。騎士としての名折れでございます」

「グ、グレン様、大げさです」

「謙遜なさいますな。あの皇帝陛下に、『俺の妻』とまで言わしめた女性は、これまでもこれからも皇妃殿下お一人でしょう」

「……誰が『あの』だって？」

ガイゼルが一瞬むっと眉を寄せる。だがすぐに息を吐き出すと、静かに目を細めた。

「まあいい。……大事なくて良かった」

「ああ。これもすべてお前のおかげだ——ありがとう」

ふと柔らかい表情になったフォスター公爵は「座ったままの無礼をお許しください」と告げたあと、再び深く首を垂れた。

「今日訪れましたのは、この感謝を陛下に改めてお伝えしたかったからにございます。……我らフォスターに連なる者たちは、ガイゼル陛下に忠誠を誓い、その治世の安寧を願っておりますすと」

「グレン……」

「私どもの力が必要とあれば、いつでもご召致ください。一線を退いた老軀ではありますが、陛下をお守りする盾くらいにはなれるでしょう」

ゆっくりとおもてを上げたフォスター公爵が笑ったのを見て、ガイゼルはわずかに口角を上げると、相好を崩した。

「いらん。自分の身くらい、自分で守れる」

「これは失礼を」

「だが……貴様がしてきた領地経営には興味がある。また話を聞きに行くこともあるかもしれんな」

「その時はぜひ皇妃殿下とご一緒に。お待ちしておりますとも」

言葉の端々に昔の名残はあるものの、今は打ち解けた様子の二人に、ツィツィーは嬉しさを噛みしめる。するとそこに、コンコンと控えめなノックの音が響いた。応答のあとヴァンが顔を覗かせる。

「お休みのところ失礼いたします。あの、フォスター公にどうしても取り次ぎをという方がお越しなのですが……」

「私に？」

首を傾げていたフォスター公爵だったが、ヴァンの背後から現れた男性の姿にぎょっと目を剝いた。一方謎の来客はフォスター公爵を見つけた途端、ぶわっと大粒の涙を滲ませる。

「メディセイン先生！　捜しましたよ‼」

「トマス、どうしてここに」

「新刊の締め切りが二カ月も過ぎているというのに、何の音沙汰もないので邸宅をお訪ねしたら、帝都に向かったと言われて……慌てて戻ってきたんですよ！」

「す、すまない。その、いろいろと事情があってだな」

「もう言い訳は聞きません！　せっかくこちらにおられるんですから、原稿が書き上がるまで逃がしませんよ！」

「悪い、急用を思い出した。ガイゼル、また今度な」

そう言うや否や、執事は素晴らしいターンを決めて車椅子を押し始めた。

どこかの編集者らしき男はあっと声を上げると、目にも留まらぬ速度で廊下を逃げていくフォスター公爵を追いかける。どうやら同じ部屋に、この国の皇帝夫妻が揃っていたことにすら気づいていなかったようだ。

「ガイゼル様、あの……今、メディセイン先生と聞こえたのですが」

その名前には聞き覚えがある。以前エレナと一緒に街に出かけた際に耳にした、帝都で大人気の作家――しかも恋愛小説家だったはずだ。

（それにたしか……ガイゼル様の部屋にあった本も、その方のものだったような……）

様子を窺うように、恐る恐るガイゼルを見上げる。するとその視線を感じ取ったのか、半眼になったガイゼルが苦々しく口の端を下げた。

「……気のせいだろう」

「で、ですが……」

一見平静を装っているが、ガイゼルのショックも相当だったらしく、困惑した心の声が流れ込んでくる。

『あ、あいつがメディセイン先生だと⁉　優れた心理描写と美しい情景表現が見事なあの作品の数々を、あ、あいつが書いていた……？　……くっ、俺も何冊か持っているというのに、これからどんな気持ちで読めばいいんだ……！』

（陛下……愛読書だったんですね……）

どうやらフォスター公爵がガイゼルに施した英才教育は、武芸だけではなく、文芸方面にも多大に発揮されてしまったようだ。あまりに意外な義父の正体に戸惑うガイゼルを見て、ツィツィーはたまらず笑みを零した。


とんでもない事実が発覚し、休んだような休んでいないような休憩を終えた二人は、大広間に戻る長い廊下を歩いていた。そこでふと思い出したツィツィーは、ガイゼルにおずおずと尋ねる。

「ガイゼル様、先ほどルカ様がおっしゃっていた『例のお話』とは……」

「ああ。実はシュナイダー卿にはずっと、王宮に入ってもらいたいと頼んでいた」

「王宮に、ですか？」

「外事が手薄になってしまい、そちら方面に明るい奴を探していた。家業があるからと断られ続けていたが……どうやら問題がなくなったようだからな」

　わずかに口角を上げたガイゼルを見て、ツィツィーもぱあと顔をほころばせる。

　以前教育係が憂慮していた王宮の『穴』――ガイゼルはその不足を補う人材を、自ら探し求めていたのだろう。

（本当に少しずつ、変わっていきます……）

　帝都を追われ、公爵家から飛び出し、たった一人で戦っていたガイゼルが――ヴァンやランディという仲間を持ち、義父と和解し、また新しい協力者を得ていく。そして今日ここに、結婚式を迎えたツィツィーが永遠の伴侶として彼の隣に並び立つのだ。その事実に、ツィツィーはどうしようもなく心が震えた。

　会場に戻った二人を歓迎するかのように、ゆっくりと扉が開かれる。漏れ出るまばゆい光を浴びながら、ガイゼルはツィツィーに向かって手を差し出した。

「……行くぞ」

「はい！」

　笑みを浮かべたツィツィーは、すぐにその手を取る。二人は皇帝と皇妃の顔に戻ると、華やかな祝宴の場へと足を踏み入れた。

もちろんこれからも、解決すべき問題は山のようにあるだろう。

それでも――とツィツィーはヴェルシアの素晴らしい未来に胸を躍らせた。


行事は夜まで続き、すべての招待客を見送ったツィツィーたちが寝室に戻れたのは、じきに日付が変わろうとする時刻だった。

「お、お疲れ様でした……」

「ああ」

部屋に戻ったガイゼルは早々に上着を脱ぐと、白いシャツ姿になって襟元を寛げる。髪を下ろしたツィツィーもまた着替えのため、リジーの控える更衣室に向かおうとしたものの……ウエディングドレス姿が名残惜しく、鏡の前で何度か身を翻していた。

「どうした？」

「あ、いえ……あんまり素敵なので、脱ぐのがもったいなくて」

するとガイゼルは一瞬きょとんとしたかと思うと、手の甲を口に当てて堪えるように笑う。子どもっぽかったかしらと途端に恥ずかしくなったツィツィーは、早く行こうと慌てて扉の方に逃げ出した。

だが背後から足早に近づいてきたガイゼルにドアを押さえられてしまい、挟まれるような体勢になってしまう。真っ赤になったツィツィーを、ガイゼルはそのままひょいと横向きに抱き上げた。

「ガ、ガイゼル様⁉」

「それならもうしばらく、このままでいればいいだろう」

そう言うとガイゼルはツィツィーを腕に抱えたまま、ベッドの傍にあるソファへどさりと腰かけた。腿の上に乗るような体勢になってしまい、ツィツィーはたまらず体を硬くする。するとガイゼルはそっとツィツィーの頭を撫でた。

「今日はよく頑張ったな」

「い、いいえ。ガイゼル様の方がお疲れではありませんか？」

「この程度、どうということはない」

ふ、と口角を上げるいつもの笑みに、ツィツィーは少しだけ安堵を滲ませる。やがてガイゼルは、艶々としたツィツィーの髪を指に絡ませながら呟いた。

「式の時、誓った言葉を覚えているか」

「はい。もちろん……」

「『私の心はあなたを守り、私の腕はあなたの盾となるだろう』……これは俺の本心だ」

さらりとした黒髪の向こうから、宝石のような瞳が覗く。

「俺は何の面白みもない、至らない男だが……お前のことだけは、命に代えても守りたいと思っている」

「ガイゼル様……」

「だからどうか……これからも、俺の傍にいてほしい」

ガイゼルはそのままツィツィーの髪を一筋手に取ると、優しく口づけた。

最初は恥ずかしさのあまり顔を伏せていたツィツィーだったが、おずおずとガイゼルを見上げると頬を染めたままはにかむ。

「わ、私の方こそ、これからもよろしくお願いします……」

「ツィツィー……」

ガイゼルは嬉しそうに目を細めると、髪に添えていた手をするりとツィツィーの頬にすべらせた。軽く持ち上げられ、ツィツィーもまた自然に睫毛を伏せる。

そして――二度目の誓いが捧げられた。

長い静寂のあと、ようやく二人の顔が離れる。

はあ、と吐息を零すガイゼルを見た瞬間、ツィツィーは一気に恥ずかしくなった。

（そういえば……もう式は終わったのだから、我慢も、いらない、わけで……）

途端に緊張してしまったツィツィーに対し、ガイゼルはぎしりとソファから立ち上がると、ドレス姿のツィツィーを抱き上げたまま、真っ直ぐ歩きだす。

「ガ、ガイゼル様⁉　あの、どちらに……」

「寝るに決まっているだろう」

（で、ですよねー！）

ガイゼルはそのまますたすた寝台に近づくと、シーツの中央にツィツィーを優しく下ろした。たまらずツィツィーはわたわたと体を起こす。

「わ、私、まだその、着替えが残っていますので、ガイゼル様は先にお休みになってください！」

「俺は別に、そのままでも構わないが」

「だ、だめです！　大切なドレスですし……」

このままではいけない、とツィツィーは大慌てで首を振る。するとあろうことかガイゼルはツィツィーの背後に回ると、ドレスの紐をしゅるりと外してきた。

「へ、陛下⁉」

「ガイゼルだ。脱ぐのなら、俺が手伝ってやる」

（え、ええー⁉）

突然のガイゼルの申し出にツィツィーは耳を疑った。しかしどうやら本気らしく、きっちりと交差している背中の編み上げをいとも簡単にほどいていく。

（う、嘘ですよね⁉　こ、こんな急にだなんて、わ、私、まだ、心の準備が……！）

すぐに締めつけが緩くなり、とさり、とドレスがベッドの上に広がった。下に着ていた薄着一枚になってしまい、ツィツィーの心臓はもはや破裂しそうになる。

やがて後ろの首筋に、ガイゼルの熱い吐息がかかった。

「――ツィツィー」

「……っ！」

全身を強張らせたまま、ツィツィーは次の展開に身構える。すると後ろにいたガイゼルの口からくす、と漏らすような失笑が聞こえた。

「そう怖がるな」

「こ、怖がって、なんて……」

ツィツィーの虚勢をよそに、ガイゼルは後ろから両腕を伸ばすと、そのままツィツィーの体を強く抱きしめた。圧倒的な体格差をまざまざと意識させられてしまい、ツィツィーはたまらず目を瞑る。

（だ、大丈夫……私だって、ちゃんと……）

するとガイゼルはツィツィーを腕に閉じ込めたまま、小さく呟いた。

「――安心しろ。抱くつもりはない」

「え？」

「それとも期待していたか？」

うん？　とどこか楽しそうなガイゼルの声に、ツィツィーは顔から火が出そうになる。

（か、からかわれています……！）

「今日は疲れただろう。ゆっくり風呂にでも浸かってこい」

「は、はい……」

ガイゼルはツィツィーをするりと解放すると、ごろんとベッドに横たわった。一方ツィツィーは熱くなった頰を押さえながら、そろそろと寝台の端へと移動する。……少しだけほっとしているのは内緒だ。

「で、では、行ってまいります」

「ああ」

ツィツィーの反応を見て面白がっているのは否めないが、早朝から準備に挨拶にと慌ただしく、困憊したツィツィーを気遣ってくれたのも本心だろう。ツィツィーは背中を向けたままのガイゼルをちらりと見つめると、その優しさに改めて感謝した。

その後、感動の涙で目を真っ赤にしたリジーに介添えしてもらい、ツィツィーはようやく一日の疲れを湯あみで落とした。ちゃぽ、とお湯を手のひらにすくいながらため息をつく。

（本当なら……今日が初夜、なんですよね……）

覚悟は出来ているつもりだった。でもいざガイゼルを前にすると、どうしても緊張してしまう。ガイゼルもそれを察して待ってくれているのだろう。

（陛下の優しさに甘えてしまっています……いつかは、必ず……。でも今日だけは、もう少しこのままで……）

長風呂を終えたツィツィーは、リジーが用意していた夜着と分厚いガウンを着て部屋に戻った。ガイゼルは先にベッドに入った姿勢で本を読んでいる。どうやら彼も風呂をすませてきたらしく、黒い髪が艶々と輝いていた。

「お、お待たせしました」

「ああ」

少しだけ緊張しながら、ツィツィーはいつものようにガイゼルの隣に身を置いた。ガイゼルもまた慣例のように彼女を腕に抱こうとして――ふと奇妙な顔をする。

「そのガウンは着たまま寝るのか？」

「あ、あの、それが……」

ガイゼルの指摘に、ツィツィーはどうしたものかと眉尻を下げた。だがガイゼルの訝しむ表情を前に、観念したのかおずおずと腰紐を解く。

途端にガイゼルの目が大きく見開かれた。

「……リジーに、今夜は絶対これが良いと勧められたんですが……でも、これまでこういった夜着を着たことがないので、恥ずかしくて……」

ガウンの下から現れたのは、またしても純白のドレス――ただし、すべらかな絹の光沢を持つ、非常に薄手のナイトドレスだった。

腕は肩まで露出しており、丈も膝ほどまでしかない。肌に吸いつくような柔らかな生地は、ツィツィーの女性らしい体つきを主張するのに十分すぎる役割を果たしていた。

「や、やっぱり、おかしいですよね⁉　なんだかひらひらして落ち着かないし、長さだって――あの、陛下？」

「――悪い。風呂に行ってくる」

額を手で押さえていたガイゼルは、突然ベッドから起き上がった。

「え⁉　ですが先ほど入られたのでは……」

「いや、今すぐもう一度浸かりたい。すまないが先に寝ていてくれ」

え、と驚くツィツィーをよそに、ガイゼルはきっぱりと手で制したあと、本当に廊下へと出ていってしまう。だが扉が閉められる寸前、まるで呼吸を止めていたかのように、ガイゼルの心の声が堰を切ったように溢れ出した。

『おい！　あれは反則だろう⁉　どこかに俺の自制心を試したい奴がいるのか⁉　くそっ、俺はどうしてあんなことを口にしてしまったんだ……。一時間前の俺を殴りたい。早まるなど止めたい。後悔するぞと言いたい。……しかしこれはもう何というか……以前読んだ本に……そうだ、鴨が葱を背負ってくる、だ』

（か、鴨？　私のことでしょうか……）

『ウエディングドレスをまとった皇妃としての姿も凛として美しかったが、普段のツィツィーの可愛さはただただ愛おしいな……。よく考えてみたら、そんなツィツィーを見られる男は俺だけなわけで……だとすれば俺は、世界でいちばん幸せな男じゃないか？　……あーだめだ。初夜だと意識しないようにしていたが……部屋に戻るまでには冷静にならなければ……言った傍から約束を違えるわけにいかないからな……』

（ガ、ガイゼル様……）

やがて扉が完全に閉まり、ガイゼルの心の声はふつりと途切れた。ツィツィーは一人どきどきと恥じらいながら、顔を隠すようにして毛布の中に潜り込む。

（も、戻ってきたら、どうしましょう……）

音を立てる心臓をなだめるように、そっと両手で胸を押さえる。

それからツィツィーはガイゼルが帰ってくるのを身じろぎもせず待ち続けていたが、なかなか戻る気配がなく――気づけばうとうととしたまどろみのあと、心地よい疲労感とともに眠りの世界に落ちていった。

翌朝。ツィツィーが目を覚ますと、すぐ傍にガイゼルの顔があった。

どうやらツィツィーが眠ってしまったあとに、部屋に戻ってきたようだ。

（ガイゼル様……）

長い睫毛は伏せられたまま。薄い唇は形よく閉じられており、その白皙の美貌を間近で再認識したツィツィーは、何度となくときめいてしまう。

窓からはカーテン越しの穏やかな陽の光が差し込んでおり、室内は暖かい静寂に包まれていた。昨日の騒がしさから一転――二人だけの空間で、ツィツィーはそうっと彼の胸に頭を寄せる。

そこでふと思いついたツィツィーは、そのまま静かに目を閉じた。穏やかな心臓の音を聞きながら、懸命にガイゼルに向けて思念を飛ばす。

（ガイゼル様……好きです）

もしかしたら、あの巨大鹿に思いが通じた時のように、気持ちが伝わるかもしれない――だが何度試みてもガイゼルが気づく様子はなく、ツィツィーはひとりはにかんだ。

（やっぱり、人にはだめみたいですね……）

えへへと照れながら体を起こし、さらさらとしたガイゼルの髪を撫でる。今度は合間から覗く耳に向けて、ツィツィーは小さく囁いた。

「ガイゼル様……好き、です」

そっと口にしてみたものの、やはりガイゼルからの反応はない。

いつもの『心の声』も聞こえず、ツィツィーはひとり苦笑した。

（——私の心の声も、陛下に届いたらいいのに……）

好き。

大好き。

言葉で言うのは簡単で、伝わらない感情ばかり。どうしたらこの溢れそうな思いをガイゼルに伝えることが出来るのだろうか、とツィツィーはもどかしさを募らせる。

そこでふと、ガイゼルの頬に手を添えた。

そのまま顔を近づけると、触れるだけのキスをちゅ、と落とす。

（う、……まだ少し、恥ずかしいです……）

一気に顔が熱くなってきて、ツィツィーはそろそろとガイゼルから離れようとした。

だが突然手を掴まれ、ツィツィーは目を白黒させる。

「ガ、ガイゼル様⁉」

「全然、足りないんだが？」

（え、えー⁉）

いつの間に覚醒していたのか。こちらの混乱を知る由もなく、起き上がったガイゼルはツィツィーをぐいと引き寄せると、深い口づけを落としてくる。

先ほどまでの可愛らしい時間はどこへやら。ツィツィーは受け止めるだけで精いっぱいになり、次第に息が上がってしまう。ようやく解放してくれたガイゼルに向けて、ツィツィーは若干涙目で抗議した。

「い、一体、いつから……」

「さあな」

「へ、陛下ー⁉」

「ガイゼルだ。……様も、いらない」

するとガイゼルはツィツィーを抱き寄せ、さらに深く愛情を示してくる。

体に回されたガイゼルの腕も、布越しに触れ合う体温も、互いの熱い息遣いも——すべてがツィツィーの心と体を溶かしていく。このまま、この温かい幸せの中で永遠にまどろんでいられたらいいのに。

「ガイゼル……」

「……それでいい」

ツィツィーが名前を呼んだ途端、ガイゼルの体の熱がかっと上がった気がした。やがてはあ、と大きく息を吐き出したガイゼルが、ゆっくりとツィツィーの体をベッドに押し倒

す。すぐ真上にガイゼルの顔が来て、ツィツィーはこくりと息を呑んだ。

「ツィツィー。……愛している」

「わ、私も、です……」

ツィツィーのその言葉にガイゼルは目を細めると、ぎしりとベッドを軋ませながら上体を屈めた。もう朝なのに、とか心の準備が、とかいろいろな思いがツィツィーの頭を駆け巡ったが、大好きなガイゼルとならば――と覚悟を決めてゆっくり目を閉じる。

だが前髪が触れ合う寸前で、コンコンという乾いたノック音が室内に響いた。

「――陛下！　ランディ様から、火急の案件がありますので、王宮にお越しいただきたいとの要請が！」

「……」

「あ、あの、陛下……」

『ランディ――貴様またか――！』

今まででいちばん大きな心の声に、ツィツィーは反射的に身をすくませた。するとそれを怯えと感じ取ったのか、ガイゼルはすぐにツィツィーの体を解放する。

ドキドキが収まらないツィツィーを前に、ガイゼルは前髪をかき上げたまま「あー」「その」と何度か繰り返したあと、絞り出すような声で――

「……今日は出来るだけ、早く戻る」

と耳を赤くしたまま呟いた。


結婚式から数日後。ガイゼルは王宮の新体制を発表した。

特に注目されたのは、ガイゼルが直々に外務を任せたというルカ・シュナイダー。

謎のデザイナーではないかと噂されていた彼は、妹こそが真のデザイナーであると公表して世間の話題をさらったのち、実にあっさりと工房のすべてから手を引いた。

それを知ったガイゼルが、彼の持つ高い対人能力や創造性、また海を越えた大陸にまで及ぶ人脈と繋がりに目をつけ、王宮入りを望んだのではと人々の噂に上っている。

そんなルカは新参ながらも、他の文官たちが舌を巻くような画期的なアイデアや、無駄を省いた効率的な施策をさっそく実行しているそうだ。

また、かつての勇将グレン・フォスター公爵は、一時期命も危ぶまれるほどの重傷を負っていたが、今は一人で立ち上がれるまでに回復。その後ガイゼルが皇妃を連れて、彼の邸を訪れる姿がたびたび目撃されているという。

二人の来し方を知る貴族たちは、一体どこで和解したのかと訝しんだが、彼らが顔を付き合わせるたび皮肉を言い合っていることなど、おそらく想像もしていないだろう。

そして、シュナイダー伯爵家の新ブランドが正式に発表された。

デザイナー名はエレナ・シュナイダー。

ルカの引退とともに、これまで発表してきたドレスが彼女の作品であったことが判明すると、女性の目線が生かされた優れた機能性に納得の声が次々上がり、手のひらを返したかのように歓迎、称賛された。

さらに今回の皇妃殿下のウエディングドレスも、彼女のデザインであると公表した結果『Ciel・Etoile』にはぜひ自分の婚礼衣装もと望む女性が殺到。そのため予約が五年先まで埋まってしまい、急遽人を増やすことになったという。

エレナはこれを機に、自分と同じようにデザイナーを志望する女性を貴族平民問わず幅広く募集した。今はまだ応募者は現れていないようだが――働く貴族女性があとに続く日も、そう遠くはないだろう。


かくして、第八代皇帝ガイゼル・ヴェルシアの新しい治世が始まった。

そんな彼の傍らには、いつも愛する皇妃の姿があったという。


（了）

特別
書き下ろし短編

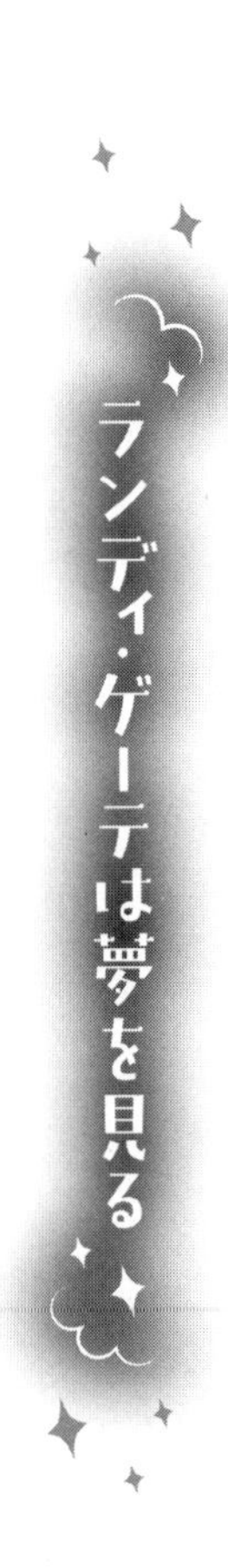

僕の名前はランディ・ゲーテ。

北の大国ヴェルシアで、王佐補として働いている。

かつて直接の上司だった王佐補殿が解職され、そのままガイゼル陛下に登用された結果、史上最年少の王佐補としてまたいらぬ知名度を上げてしまった。

おまけに組織の長だった王佐ルクセン様が謀反を企て、王宮を追放されてしまったため――かつてののほほんとした生活から一変、立っている者はそれこそ皇帝陛下でも使えというくらいの慌ただしい日々を送っている。

もちろん「見ると（美しすぎて）倒れる」と噂の顔は、仮面で隠したままだ。

「見合い……ですか？」

「そうだ。陛下もいよいよ挙式されることだし、お前もそろそろだと思ってな」

そう言うと現ラヴァハート公爵である父は、テーブルの上にずらりと釣書を並べた。

それを見た僕はうへえと顔をしかめる。

「すみませんが父上、わたしは特に継承する爵位も領地もないですし、後継者の必要性を感じていないのですが」

「まあそう言うな。結婚は別に子どもをつくることだけが目的じゃない。愛する人と手を取り合って一緒に生きていくということも、人生においては重要なことで」

「それにわたしより先に、まずはヴォンド兄さんに勧めるべきでは？」

ヴォンドというのは、僕の二番目の兄だ。騎士団の中ではかなり優秀らしく、槍試合や馬術の競技会などであらゆる賞をかっさらっているともっぱらの噂である。

ちなみにディーマンという長兄もいるのだが、こちらはすでに結婚しているため対象外である。

「ヴォンドはな、その……ずっと昔から好きな子がいるからと……。何度言っても取り合ってもらえないんだ……」

「はあ」

「それにここにあるのはみな『是非ランディを』という縁談なんだよ。ほとんどが嫡子のいない家ばかりで、優秀な跡継ぎを探しておられるみたいなんだ」

「貴族の次男三男など、そこらに掃いて捨てるほど転がっているでしょう。あいにくですが、わたしは今仕事が忙しくてそんな暇は――」

釣書をまとめて突き返そうとした僕の手を掴むと、父親はどこか深刻な表情で眉を寄せた。

「そこをなんとか、会ってもらうだけでも」

「……何故そんなに必死なのです」

「……実は、特に熱心な家がいくつかあってだな……。一度でいいからお前と会いたい、会えない、会います、会う、会う時、会えば、会え、という手紙がほぼ毎日のように送られてきており」

「なんの活用形だよ」

どうやら自分の王佐補昇進の話が社交界でも広まってしまったようだ。おまけに皇帝陛下の覚えがめでたい超優良物件として、いち早く押さえておきたいという家々がやや脅迫めいた行動に出ているらしい。

僕は仮面の下で苦虫を噛み潰したような顔を長らくしていたが、やがて瞑目し、はあーと深いため息をついた。

「……分かりました。一度お会いして、わたしから直接お断りします」

「い、いいのかい」

「これ以上実家に怪文書を送られても困りますから。わたしに結婚する気がないと分かれば、さすがにご令嬢方もその気をなくすでしょう」

変に期待をさせるよりも、はっきりとお断りをしてしまった方がお互いのためにもいいだろう。そうして拒否し続けていれば、結婚する意志がないのだと広まるだろうし。

（まあ見合いといっても、せいぜい茶を飲んで少し話すくらいだろ）

権謀術数渦巻く王宮で、一つの隙も見せずに立ち回るような日々に比べれば、特段大したことはない——と僕は感謝を露わにする父親の前で、悠然と足を組む。

それが大きな誤りであることに気づいたのは、二週間後のことであった。

よく晴れた休日の午後。

帝都の中心にある若者向けのカフェテラスで、僕は刺さるような周囲の視線に曝されていた。理由はもちろんこの顔にある仮面——そしてもう一つ、さっきから目の前で終始溌剌としゃべり続けている大柄な令嬢だ。

「それで、ランディ様の年収はおいくらくらいですの？」

「……大した額ではありませんよ」

「まあ、そんなにご謙遜なさらずとも」

（くそっ、こいつさっきから金の話しかしてこない！）

父親が帰ってからすぐに、見合いの子細な日程が送られてきた。厳選に厳選を重ねた三人の令嬢らしく、王宮勤めの僕に合わせてすべて帝都でセッティングされている。

そうして今日、一人目となるウィンコット侯爵令嬢と会ったのだが――彼女は僕自身というより僕の持つ財力や資産の方に強い関心があるらしく、先ほどからずっとそのことばかりを話題に挙げていた。

「王佐補というくらいですから、すごく稼いでおられると思うのですけども」

「残念ながら、他の伯爵家の跡継ぎ殿の方がわたしよりよほど収入があるでしょうね」

「でも、ランディ様もラヴァハート公爵家のご子息ですわよね？　もちろん爵位はお兄様が継がれるのでしょうけども……資産などはご兄弟で分割を？」

「そのような話を、あなたにする必要はありませんよね？」

「あら、わたくしがランディ様と結婚すれば、無関係ではございませんわ」

（あ～帰りて～～！）

正直、今すぐ代金をテーブルに置いて帰って家で寝たい。

だがさすがに侯爵家の令嬢を無下にするわけにもいかず、僕は曖昧に口を引きつらせたまま、彼女の『資産運用の必要性とは』『領地経営のノウハウ』などの自論を延々と聞く羽目になった。

しかし意外なことに、彼女の金に対する貪欲さ――失礼、真摯さは非常に素晴らしく、提案される蓄財の方法や借地権のあたりなどは、王宮でもここまで頭が回る奴はいないのでは？　と思わず感心する。

（……もしかして、かなり有能なのでは？）

そうと気づくと現金なもので、僕はいつの間にか彼女の話に熱心に聞き入っていた。彼女もまんざらではないらしく、どこか頰を赤く染めながら得意げに語り続けている。

やがて僕は彼女の両手を取ると、真剣な眼差しを向けた。

「あの、もしよければなんですが」

「は、はい！」

「……王宮で、働いてみませんか」

直後──ばしんっと切れのいい音が響き、ウィンコット侯爵令嬢はあっという間にいなくなった。頰に真っ赤な手形を残したまま、僕は憮然とした顔つきで冷め切ったコーヒーを啜る。

（……くそっ、だめか）

よくよく考えてみれば、王宮で文官として働く女性はいない。それどころか、この国では貴族が働くことすら一般的ではないのだ。おそらく先ほどの彼女も「まさかこのわたくしを働かせようだなんて」と憤慨したに違いない。

（こういうところがこの国は古いんだよな……能力があったら、男でも女でもさっさと登用すればいいものを……）

僕はコーヒーのお代わりを注文すると、王宮に女性文官を採用するための施策についてつらつらと考え始めるのであった。


その翌週、今度はレメルドルタ伯爵令嬢とお会いすることとなった。

先日のウィンコット侯爵令嬢とは対照的にとても華奢で、少し風が吹いただけでも倒れてしまいそうなか弱さである。場所は彼女たっての希望で、王宮の中を案内してほしいとのことだった。

「は、はじめまして、よろしくお願いいたします……」

「はい、こちらこそ」

お得意の猫を三匹くらいかぶり、僕は愛想よく彼女をリードした。さすがに陛下のおられる本邸や執務室には入れないので、回廊沿いにある文官たちの部屋や食堂、医務室などを懇切丁寧に説明して歩く。

やがてあらかたを見終えたところで、中庭にある四阿で休憩を取った。

「長らく連れ回して申し訳ありません。お疲れではありませんか？」

「は、はい……」

「しかしどうして王宮の見学を？　もっと面白い場所が良かったのでは」

「それはその、ど、どうしても行ってみたいところが、ありまして……」

もじもじと指をこねる彼女を前に、僕は「ご希望があればなんなりと」と微笑んでみせる。すると彼女はようやくぱあっと晴れやかな笑みを浮かべると、はにかみながらもはっきりと「騎士団を見てみたいです！」と口にした。

「いやあ～～！　素敵～～！　筋肉最高～～！」

「……」

「ランディ様！　ほらっ見てください！　あの広背筋！　こんなのなかなか作れませんよ！　ああっ素敵な外腹斜筋が、あんなに惜しげもなくっ！」

先ほどまでの可憐さはどこに置いてきたのか。レメルドルタ伯爵令嬢は騎士団の訓練を前に、日焼けをものともせず興奮していた。そのあまりの豹変ぶりに、僕は続く言葉が出てこない。

「ああ……やっぱりディータ・セルバンテス様はおられないのですね……。一度だけでいいから、その素晴らしいお体を拝見出来ればと思ったのですが……」

「ええと……お好きなんですね。騎士団」

「はいっ！　あ、でも、どの方が好きとかじゃなくて全体的に、騎士団まるごと全部というんでしょうか。わたし、筋肉質でたくましい体を見ると我を忘れてしまいまして。あのごつごつとした上腕二頭筋とか、張り出した胸鎖乳突筋とか、丸太みたいな大腿四頭筋とか最高ではありませんこと⁉」

「は、はあ……」

僕にはまるで皆無の要素ばかりである。一体この令嬢は、何を求めて僕に見合いを申し込んだのかと疑問を抱えていると、騎士団の一員にして、陛下の側近であるヴァンがこちらに気づいた。すたすたと歩いてくると、その爽やかな美貌に笑みを浮かべる。

「ランディ様、休日だというのにお仕事ですか？」

「違う。知人を案内しているだけだ」

「ああ、そうでしたか」

するとヴァンは、僕には絶対出せないキラキラとした空気をまとったまま、隣で色めき立っていたレメルドルタ伯爵令嬢に微笑みかけた。その瞬間——彼女はリンゴのように顔を赤くし、はわ、はわわとじりじり後退する。

「も、も、もしかして、ヴァン・アルトランゼ様……⁉」

「はい。ええと、はじめまして、ですよね？」

「は、はいっ……！」

二人の会話を見ていた僕は、ようやく合点がいった。

どうやらこの令嬢の本命は僕ではなく、この炎天下でも汗一つかかないイケメンだったようだ。仮面が蒸れて暑いので、僕はそろそろ帰りたい。

「……良ければ、ヴァンと話をしていきますか？」

「え⁉　で、でも」

「時間になりましたらお迎えに上がりますので。ヴァン、頼めるか？」

「は、はあ。今は休憩時間なので少しであれば」

ほら行け、とばかりに僕は目で合図をする。何が悲しくて見合い相手の恋路を応援しているのかとも思ったが、これで縁談が円満に解決するなら願ってもない。

案の上、レメルドルタ伯爵令嬢はしばらく押し黙ったものの、すぐに唇を引き結んでヴァンの方を見つめた。真っ白い頬に朱を注ぎながら、一生の願いとばかりに口にする。

「で、でしたら、あの……」

「はい」

「わ……わたしに、剣を教えていただけませんか⁉」

「は？」

最後の「は？」は僕とヴァンの言葉が重なって聞こえた。だがどうやら聞き間違いではなかったらしく、令嬢は再びもじもじと足元の草を見つめている。僕は予想外の申し出に混乱しながらも、そのままヴァンの肩を叩くと、ひとり王宮の回廊へと戻った。

一時間後。僕が騎士団に向かうと、むくつけき男たちに囲まれて剣を振るう彼女の姿があった。まくり上げたドレスの袖からは、意外なほどしっかりとした二の腕が覗いており、僕は彼女が着やせするタイプなのだとそこでようやく知る。

するとと相変わらず夏の風のようなヴァンが現れて、どこか嬉しそうに尋ねてきた。

「ランディ様、彼女はどこかで修行されたのでしょうか？」

「……いや、特に聞いてはいないが」

「では独学か……。いえ、実はお教えしようにもほぼ完璧な型を習得しておられたので。女性でなければ、騎士団の即戦力にもなっていたかもしれませんね」

「なるほどな……」

そこで僕はようやく、レメルドルタ伯爵の領地を思い出した。規模は小さいが国境に位置し、外敵の侵略をたびたび撃退している土地だ。噂によると皇帝直属の騎士団に劣らない自警団を有しているらしく、その戦闘能力はかなり高いはず。

（女性でなければ、か……）

「そういえば、彼女とはお見合いの最中だったんですね」

「それは忘れろ」

やがて僕が来たことに気づいたのか、レメルドルタ伯爵令嬢は引きとめようとする騎士たちに丁寧に頭を下げると、嬉しそうな表情でこちらへとやってきた。

その帰り道「申し訳ありませんでした」と彼女は謝罪する。

「実は、王宮の騎士団がどれほどのものか、一度でいいから見てみたくて……。ランディ様とお見合いすれば、帝都に行く口実が出来るのではないかと思い」

「まあ、そんなことだろうと思いました。……良ければ、わたしの名前を出して構いませんので、またこちらに遊びに来てください」

「い、いいんですか!?　ありがとうございます！」

　僕が微笑むと、彼女もほっとしたように顔をほころばせる。

「それであの、お見合いの件なんですけれども……」

「ああ、はい。もちろん今回はなかったことに」

「本当にすみません。やっぱりわたしより弱い男性はちょっと、異性として見られないというか……。もう少したくましくて鍛えられた方が良いなと……」

「……」

　何故だろう。もともと断るつもりのお見合いだったから、これで大正解なのだが……僕の心には形容しがたい悲しみだけが残った。


　そして三人目。名前はフレンダル伯爵令嬢。

　これで最後と己を励ましつつ、僕は指定された帝都の中心地へと向かった。

大聖堂の前には今日も多くの出店が立ち並び、吟遊詩人や大道芸の一座などがひしめく見物人の耳目を集めている。そのせいか、先ほどからちらちらとした視線を感じた。

おそらくこの仮面姿を見て『この人も何か芸をするのだろうか』と期待されているのだろう。残念だが僕にそんな特技はない。

(そろそろ約束の時間だが……)

タイミングよく、大聖堂から昼を告げる鐘が鳴り響き、僕はきょろきょろと見合い相手の姿を探した。だが街を行く淑女の姿は数あれど、それらしき令嬢の気配はない。

(……帰るか)

約束の時間に決められた場所にいたのだから、僕の義務は果たしたはずだ。ここ最近、せっかくの休日を二回も無駄にしているのだ。とっとと帰って寝よう。

そうと決まれば心は浮き立ち、せっかくだから本屋に寄って帰るかと僕は踵を返した。

すると服の裾をぎゅっと握られる感触が伝い、僕は恐る恐る下を向く。見れば十歳くらいの女の子が、必死な顔つきで僕の服を掴んでいた。

「……ええと」

「あの、ランディ様でしょうか！」

綺麗な金の髪を左右二つに分けて結んだ、とても可愛らしい少女だ。僕はすぐに周囲を見回すが、保護者らしき姿はない。

「もしかして、迷子かな」

「ち、違います！」

「一緒の大人は？　それかどこから来たか分かれば――」

「だから、違います！　迷子じゃありません！」

　迷子は、自分が迷子ではないと言い張るものだ。僕は心の中でげんなりしつつも、うわべだけの笑顔を貼りつけたまま少女に優しく告げる。

「それは失礼。では小さなレディ、お名前を尋ねても？」

「ユ、ユリア……」

「ユリア？」

「ユリア・フレンダルと、申します！」

　それを聞いた瞬間、僕の幸せな休日計画は灰燼に帰した。

「……えーと、それではその、ユリア嬢は、お父上から言われてここに？」

「はい！　『ランディ様を口説いてこい』と言われました」

（フレンダル家とは本気で縁を切った方が良い気がするな……）

　きらきらとした瞳で答えるユリア嬢は、今は僕が買い与えたアイスを美味しそうに食べている。その懸命な姿を前に、僕ははあと頭を抱えた。

フレンダル伯爵家。思えばあの家に結婚に適した妙齢の婦女はいなかった。そこを失念していたのは僕の落ち度だが——まさかこんな年端もいかない少女を、見合い相手として投じてくるとは夢にも思わなかったのだ。

「ランディ様と結婚出来れば、おうちが安泰、らしいので！」

「なんだそれ……」

おそらくラヴァハートの威光を求めた父親が、訥々と娘に言い聞かせてきたのだろう。だが悲しいかな僕はどうあがいても三男だし、何よりこんな無垢な少女の人生を奪うほどの悪人ではない。

「悪いけど、僕は君とは結婚しない。お父上にもそう伝えてくれるかな」

「な、何故ですか？」

「第一に、僕と結婚してもラヴァハートの威を借りられはしない。第二に、僕と君は年が離れすぎている。そして最後に、僕はそもそも誰とも結婚する気がない」

淡々と紡がれた僕の言葉に、ユリアはきょとんとしていた。だがすぐに寂しそうな顔をすると、しょんぼりとうなだれてしまう。

「そう、ですか……」

「うん。じゃあ悪いけど」

失礼、と僕はさっさとその場をあとにした。書店はどっちの通りだったかと街並みを仰いだものの——つい気になって、先ほどの場所をちらりと振り返ってしまう。するとユリアは相変わらずぽつんと座り込んだまま、残ったアイスを食べていた。

しばらく観察していたが、どうにも移動する気配がない。

「……」

ああくそ、面倒くさい。今すぐ新しい本を買って、だらだらとベッドで読むべきだと分かっているのに、僕の足は自然とユリアの元に戻っていた。

「おい」

「ラ、ランディ様！」

「どうして帰らない。迎えは来ていないのか？」

「それがその、鐘が四つ鳴るまでは、ランディ様と過ごすようにと……」

鐘が四つ。つまり夕方まで僕と過ごしなさいと父親が言いつけたのだろう。当人は気を利かして姿を消したつもりかもしれないが、こちらとしては大迷惑だ。

しかし彼女の父親がどこにいるかも分からず、比較的治安はよいとはいえこの齢の少女を帝都に一人放置しておくわけにはいかない。僕は奥歯を噛みしめたあと極上の休暇を諦め、はあと大きく息を吐き出した。

「分かった。少しだけだ」

「え？」

「鐘が四つ鳴るまで。その時間までは付き合ってやる」

いよいよ取り繕う必要もなくなり、僕はぶっきらぼうにそう言い捨てた。

これで怖がられるならそれはそれで、と思った僕の予想を裏切り、ユリアは花が咲くような笑顔を浮かべる。

「本当ですか⁉」

「ああ」

「あ、ありがとうございます！」

するとユリアはすぐさま僕の隣に来ると、慣れた様子で手を握ってきた。

人ごみを歩く時は、はぐれないように父親とこうしているのだろうと理解しつつ、僕は一体何をしているんだろうという虚無感に襲われる。

（今日は子守り確定だな……）

しかし言い出したのは僕自身なので、仕方なく彼女の希望を聞いてみた。

「で、どこに行くんだ。移動動物園？　おもちゃ屋？」

するとユリアは真剣な顔で悩んだ末、僕の方を見上げておずおずと口にする。

「あの、本屋さんに行ってみたいのですが……」

「本屋？」

元々向かう予定だったため、特段道に迷うこともなく、僕たちは帝都一の書店に到着した。二階建てのレンガ造りの建物で、各フロアにはずらりと本棚が並んでいる。ただしここに備えられている本はどれも一点物の専門書――大衆が好む恋愛小説や娯楽小説の類はなく、僕は思わずユリアに確認した。

「本当にここでいいのか？」

「はい！　ずっと、来てみたかったんです！」

そう言うとユリアは、我慢できないとばかりに店の中に飛び込んでいった。はたしてあの歳の子どもが読んで理解できる本があるのだろうかと首を傾げつつ、僕は「さっきの子が店から出ていこうとしたら教えてくれ」と店先にいた主に言付け、これ幸いとばかりに経済関係の書棚に向かう。

（お、これ編纂終わったのか。どれどれ……）

しばらくぶりに訪れた書店には数多くの出会いがあり、僕は見合いのダメージも忘れて本を読み込んでいた。そうして購入するものをいくつか選んでいると、遠くから三つ鐘を打つ音が聞こえてくる。

（もうこんな時間か。そろそろ父親も迎えにくる頃だろう）

店主に金を支払ったついでに尋ねると、なんとユリアは一度も外に出ようとしていないとのことだった。僕は意外に思いつつ一階を捜し回り、いないと分かると二階まで足を延ばす。

二階は主に歴史の書物を扱ったフロアで、言語によっては僕でも読めないものがあった。本当にこんなところにいるのだろうかと訝しむが、書棚の前で本を読んでいるユリアの姿をすぐに発見する。

「そろそろ時間だけど」

「あ！　す、すみません、つい夢中になってしまいました」

「別にいいよ」

ユリアが慌てて閉じた本をちらりと覗き見る。それは海を隔てた先の大陸にある外国の成り立ちが語られたものであり、僕は思わず尋ねてしまった。

「それ、読めるの？」

「ぜ、全部ではないのですが、少しだけ」

「ふうん」

てっきり絵本でも眺めていると思っていた僕は、少しだけ興味を引かれた。

「もしかして、お父上の趣味？」

「い、いいえ！　お父様は、わたしがこういうのを読むの、嫌がるので……」

「嫌がる？　どうして」

「お、女の人に、教育は、必要ないから、と……」

それを聞いた僕は、無意識に眉をひそめてしまう。だがすぐに言葉の意味を理解した。

（まあ……この国では、そうだろうな……）

ツィツィー皇妃殿下のように、高度な教養を要求されるご婦人も確かに存在する。だが貴族の女性のほとんどは結婚・出産が第一義とされ、知識が必要な労働や技術職に就くことはまずない。むしろ、養うことの出来ない家の恥だと見下されることすらあるのだ。

「あ、あの、ランディ様」

「……ん？」

僕は思考を整理すべく、しばらく沈黙していた。そこでようやくユリアが不安そうに見上げていることに気づき、はたと意識を取り戻す。

「や、やっぱり本を読む女性は、お嫌いでしょうか？」

「は？　なんで」

「だ、だって、怒っておられるのかと」

「勉学を好む人間は、等しく尊敬しているさ」

そこで僕はユリアが手にしていた本をさっと取り上げた。あっと目を真ん丸に見開くユリアに向けて、小さく笑ってみせる。

「これ、買ってやるよ」

「え!?　で、ですが」

「ただし父親には見つからないように。……いつか、それを全部読み終えることが出来たら、僕に内容を教えてくれると約束してくれ」

「は、はい……！」

嬉しそうに頬を染めたユリアを見て、僕は何故か体の奥が温かくなるのを感じていた。

そろそろ行くぞと声をかけたところ、ユリアはまた本棚のところで何やらもぞもぞと動いている。

「ユリア？」

「す、すみませんランディ様！　この本だけ戻したら行きますので……」

見ると他にも読んでいた本があったらしく、ユリアは棚の奥から踏み台を運んできた。

どうやら高いところにある本を取るために備え付けてあるらしく、身長とほぼ変わらない高さのそれに、実に危なげに上ろうとする。それを見た僕は再び嘆息を漏らすとユリアの傍に近寄り、ひょいと彼女を抱き上げた。

「ラ、ランディ様⁉」

「この方が早い。ほら、ここだろ」

すると彼女は顔を真っ赤にしたまま、おずおずと本を元の位置に戻した。

その後ユリアのために支払いを終え、父親が迎えにくるという中央通りに向かう。その道中、ユリアは恐る恐る口を開いた。

「あの、ランディ様」

「ん？」

「今日はありがとうございました。その、お見合いでしたのに、わたしの行きたいところばかりで……」

「言っておくが見合いじゃない。子守りだ」

「そ、そうですよね……」

途端に会話が中断され、僕はなんとなく居心地悪く頭を掻いた。

「あー……その」

「は、はい？」

「……確かに今はまだ、女性が知識を得ることを不満に思う者もいるだろう。だが、時代はいつか変わる」

「ランディ様？」

「王宮で文官として働く女性も出てくるはずだ。だからお前も結婚だけが道だと思うのではなくて、その……そう簡単に、自分の好きなことを諦めるな」

口にしたあとで、一体何を言っているんだと僕は口をつぐんだ。長らくこの国に根ざす、性による差別や女性としての窮屈な縛り。それを覆していくことが、どれほど大変なことだと思っているのか。

すると僕が押し黙ったのを察したのか、繋いでいた手にぎゅっと力が込められた。そっと視線を落とすと、ユリアが曇りのない瞳で満面の笑みを浮かべている。

「はい！　わたし、頑張ります！」

「……うん」

その瞬間、心の奥底に転がっていた硬い石のようなものが、ぽろりと崩れたような気がした。途端に、彼女たちのような女性が王宮で働いている未来が脳裏をよぎり、僕はつられて口角を上げる。

やがて待ち合わせの場所に戻ってくると、心配そうな顔をしたユリアの父親がおろおろとこちらに駆け寄ってきた。僕はすぐに今日の出会いに感謝を述べたあと、煌々しい賛辞でコーティングした嫌味を全力でぶつけてやる。

「それでは僕はこれで。……ユリア嬢、お元気で」

青ざめる父親の姿に満足した僕は、ふんと息を吐いて帰路に就こうとした。すると父親と手を繋いでいたユリアが、もう一方の手をぶんぶんと振っている。

「ランディ様！　あの、ありがとうございました！」

僕はひらひらと手を振り返し、さっさとその場をあとにした。

こうして無事三人とのお見合いを終えた僕は、ようやく気ままな独身生活へと舞い戻った。実家に届いていた怪文書も鳴りを潜めたらしく、父親からは少々大げさな感謝の手紙が届いている。

（やれやれ……これでしばらくは、静かになるだろ）

貴重な休みを三度も潰された挙げ句、今日も今日とて王宮の仕事だ。僕は陛下の承認が必要な書類を抱えると、彼のいる執務室へと向かった。

「失礼します」

「ああ」

イエンツィエ事変以来、すっかり皇帝としての地盤を確立したガイゼル陛下。いまだ不満を持つ貴族もいるが、以前よりもずっと臣下たちに受け入れられているように思う。

「こちら、今日の決裁案件です。昼にアインツァ領からの使者が訪問予定で――」

僕がつらつらと読み上げる中、陛下は手元にある仕事を片っぱしから処理していた。ここに来たばかりの時は、やれ裏付けは取れているのか、根拠は、予測はと突き返されていたものだが、一年通して仕事を回していくうちに少しは整いつつあるようだ。

するとと署名をする手を止めないまま、陛下が僕に尋ねてきた。

「そういえば、見合いをしているそうだな」

「……よく、ご存じで」

「ヴァンから聞いた」

清涼感を擬人化したような男のことを思い出し、僕は思わず半眼になった。

「……ええ、そうです。ですがもう終わりました。もともと全部断るつもりでしたから」

「相手に不服が？」

「いえ？　そもそも僕は結婚に興味がないんです」

確かに普段は王宮ばかりに籠っているから、今までにない新しい出会いではあった。だがどうしても僕には、自分が家庭を持ち、子どもを育てるという未来が思い描けなかったのだ。

「せっかく三男坊という自由な立場なのに、結婚なんてしたら家に縛りつけられてしまいますし。それに赤の他人と一緒に生活するなんて、それだけで気疲れしますよ」

「そうか」

「陛下だって、四六時中皇妃殿下がこの部屋にいたら嫌でしょう」

すると陛下は突然手を止め、はたと僕の方を見た。

そのままちらりと部屋の隅に視線を送ると、すぐに黙々と仕事に戻る。

「俺は別に構わないが」

「……正気ですか」

「見られて困るようなことは何もないからな」

「でもちょっとはありません？　ずっと傍にいるのは面倒だから、ある程度は距離を置きたいとか、一人の時間が欲しいとか」

そんな僕の言葉に、陛下は再びぴたりと手を止めた。

三十秒ほどの熟考ののち、ようやく口を開く。

「ないな」

「……ソーデスカー」

よくよく考えてみれば、陛下は挙式を間近に控えた新婚さんだ。

おまけに忙殺される日々の合間を縫っては本邸に顔を出し、皇妃殿下と仲睦まじく結婚式に向けて準備を進めているという。素知らぬ顔して実は盛大にのろけている陛下を前に、僕は心の中だけで「へっ」と悪態をついた。

やがて執務が一段落したところで、陛下が「ランディ」と一枚の紙を差し出してくる。

「少し見てほしい。お前の意見が聞きたい」

「……陛下、これは」

それは『王宮に女性文官を登用する』ための施策をまとめたものだった。採用の基準、試験の概要、職務内容などがずらりと並んでいる。

「今現在、王宮は慣例もあって男性ばかりで構成されている。だが今後のことを考えれば、有能な人材は男女の別なく採用すべきだ」

「……はい」

「もちろん、今すぐ議会にかけても賛同は得られないだろうが……出来るだけ早く、施行に向けて整えたい」

書かれている文章を目で追いながら、僕は心の奥が高揚していくのを感じていた。

まるでこうであってくれたらと望んだ儚い祈りが、はっきりとした形を持ってぽんと目の前に差し出されたかのような。その相手が——目の前にいるこの人で良かった、と僕は何故かいたく感動してしまった。

（本当に、僕の心を読んでいるかのような……）

同時にまったく同じような草案を、自室の机に広げていたことを思い出し、僕は思わず苦笑した。途端に陛下が顔をしかめたのを見て「すみません」と訂正する。

「とても素晴らしい発案かと。……しかしそうですね、採用職種に武官も追加してよいのでは？」

「騎士団か？　しかしさすがに」

「もちろん単なる力では、男性に敵わないかもしれませんが……技術で補える面もあると思います。それに女性騎士であれば、皇妃殿下の護衛に今よりも目立たず対応できますし」

「……なるほどな」

その後、今後再会するかもしれない有力な候補者たちの顔を思い浮かべながら、僕はしばらく陛下と議論を重ねるのであった。


その日の夜、家に戻るとフレンダル伯爵家から手紙が届いていた。

白く小さな花が一緒に添えられており、僕は父親からの平身低頭という感じの詫び状を適当に読み流したあと、同封されていたユリアからの便せんを丁寧に広げる。

『ランディ様、先日はありがとうございました。わたし、もっともっと勉強して、いつかきっと、ランディ様の隣に立てるよう頑張ります。この前見つけたカモミールのお花を送ります。どうかお体にはお気をつけて』

「カモミール、か……」

優しい香りがするその花を、僕はしばらくぼんやりと手で弄んでいた。適当な花瓶がなかったので、空になった大きめのインク瓶を洗って水と共に投げ入れる。何の色どりもない無味乾燥な部屋の中で、そこだけが淡く光っているかのようだった。

「さて、続きをするか……」

誰も返事をすることのない部屋で、僕は一人机に向き直る。陛下からもらったアイデアを元に、草案をああでもない、こうでもないと書き換えているうちに――いつの間にか、机に突(つ)っ伏(ぷ)して眠ってしまっていた。

——そして僕は夢を見る。

かつて僕の手を握っていた少女が美しく成長し、分厚い専門書を片手に王宮に現れ、僕を朝から晩まで質問攻(しつもんぜ)めで追い回すのだ。僕は辟易(へきえき)した顔でそれから逃(に)げながらも、一方でたまらない嬉しさも感じていた。

目覚めた時に、どこか切ない甘さを胸(むね)の奥に感じながら。

僕の名前はランディ・ゲーテ。

どうかあの夢が、正夢(まさゆめ)になってくれるよう願っている。

（了）

寝起きの陛下は甘すぎる2

宝石によるガイゼルご乱心事件の翌朝。

彼の腕の中で目を覚ましたツィツィーは、そうっとガイゼルの頬を見つめた。

（良かった……腫れてはいないようですね）

昨夜、突如暴走したガイゼルを思い出し、ツィツィーは思わず顔を赤らめる。

直接的な賛辞はもちろん、あんな風に強引に迫られたことも初めてだった。手首を摑まれた時の強い力と体温がまざまざと甦ってきて、ツィツィーはなんとなくその部位を撫でさする。

（でも一体、誰がこんなことを……）

するとその動きに気づいたのか、ガイゼルがうっすらと睫毛を持ち上げた。綺麗な青紫色の瞳は澄んでおり、昨日のような不穏な気配は感じられない。

「お、おはようございます、ガイゼル様」

「……ああ」

あまり眠れなかったのだろうか。ガイゼルはややぼんやりとした様子で、緩慢に体を起こした。ツィツィーも一緒に起床し、同じくベッドの端に腰かける。

「お体は大丈夫ですか？」

「……大したことはない」

片手で頭を押さえつつも、わずかに笑みを浮かべたガイゼルを見て、ツィツィーはほっと胸を撫で下ろした。そろそろ朝の支度をしに誰か来る頃だろうか……と扉の方に視線を向けたところで、テーブルの上に残されたバスケットに気づく。

するとガイゼルも同じものを見ていたらしく、はてと首を傾げていた。

「あれは？」

「あ、あれはその……サ、サンドイッチ、なんですが……。でもあの、私が朝食にいただきますので！」

どうやら夜食のやりとりの前に意識を乗っ取られていたらしく、ガイゼルはその存在を今しがた知ったようだった。恥ずかしくなったツィツィーは立ち上がり、大急ぎでバスケットを回収しようとする。

だがガイゼルはぼーっとした様子でしばらく考えていたかと思うと、ぼそりと「食べる」と口にした。

「持ってきてくれ」

「で、ですが、乾いて美味しくないかと……」

「いい。食べる」

そのままじいっと睨みつけられてしまい、ツィツィーは恐る恐るバスケットを抱えてベッドへと戻る。先ほどのように隣に座ると、ガイゼルがすぐに中を覗き込んだ。

「これを」

「は、はい！」

指さされるまま、ツィツィーは慌てて卵の挟まったそれを手に取ると、ガイゼルに渡そうとそっと取り出す。すると次の瞬間――ツィツィーが持ったままのサンドイッチに、ガイゼルがそのままぱくりと噛みついた。

「ガ、ガイゼル様⁉」

「……ああ、うまいな」

指先に触れた吐息の熱さに、ツィツィーの頬にかっと赤味が走る。手渡すつもりだったのに、まさか直接食べさせる形になるなんて――と困惑していると、いまだ夢の世界に片足を突っ込んだような感じのガイゼルが、不思議そうに首を傾げた。

「どうした？」

「い、いいえ、その」

その後もガイゼルはあれそれとサンドイッチを要求し、そのたびにツィツィーは餌を与える親鳥よろしく、せっせと彼の口に食事を運び続けた。いつの間にかバスケットは空になり、最後に苺ジャムが塗られたそれを差し出す。

「こ、これで、終わりです」

「ああ」

ガイゼルが実にあっさりと食べ終えたのを見て、ツィツィーは安堵しながらそっと手を下ろそうとする。するとガイゼルが突然ツィツィーの手首を掴み、取り出す時についてしまったのだろう、指先に残っていたジャムをぺろ、と舐めた。

「ガ、ガガ、ガイゼル様⁉」

「ん？」

「そ、それは、わ、私の指で……」

動揺するツィツィーを見たあと、ガイゼルははてと視線を落とした。

そこでようやく意識がはっきりとしてきたのだろうか。彼は何度かぱちぱちと瞬いたかと思うと、羞恥で真っ赤になっているツィツィーを見つめ直し――まさに顔から火を噴く勢いで一気に赤面する。

「お、俺は、一体何を……」

突然の覚醒に驚くツィツィーをよそに、ガイゼルは急いで立ち上がると、上着を羽織るのも忘れて寝室を飛び出した。するとタイミング悪く、使用人たちと廊下で鉢合わせしてしまったらしく――彼らが「陛下ー⁉」と悲鳴を上げるのを聞きながら、ツィツィーは再度顔を赤くする。

（び、びっくりしました……！）

だが普段まったく隙を見せないガイゼルが、あの数分だけは完全に心を許してくれていた。その姿を思い出し、ツィツィーはつい顔をほころばせるのであった。

（了）

あとがき

はじめましての方も、二回目の方も、なろうでご存じの方もこんにちは。

シロヒと申します。

『陛下、心の声がだだ漏れです！』なんと二冊目を出させていただきました！　ひとえに本を買ってくださった皆さまのおかげです。本当に本当にありがとうございます！

さてこの二巻ですが、ウェブに掲載している二部を加筆修正したものになります。ざっと数えたところ半分近く書き直していましたので、なろう版とはまた違った『だだ漏れ』を楽しんでいただけたら嬉しいです。

特に変わったのはグレンです。元々はとても温和なおじ様だったのですが、書籍化するにあたりとんでもないツンデレになりました。不器用な男性はいいね。

そして今回も書き下ろしを二本収録しております。

一つはランディ婚活（？）編。主にギャグとなっていますので、本編の甘さにあてられた場合の塩味代わりに読んでいただけたら幸いです。スイカに塩。ラーメンに酢。酢豚にパイナップル。最後のは多分違う。

もう一つは寝起き陛下再び編です。甘さからの塩味からの砂糖の塊。どうぞ最後の最後まで甘々フルコースを楽しんでいただけたらと思っています。

二巻の制作にあたりまして、担当様、校正様には大変お世話になりました。また今回も雲屋ゆきお先生に挿絵を描いていただいております！　ありがとうございます！

一巻同様どの挿絵も素晴らしいので、ぜひお手に取って見ていただきたく。特に人物紹介の書き下ろしは最高です。私は初めて拝見したとき「いくら出せばこれをタペストリーにしていただける……？」と担当さんに聞きました。発想が即物的すぎる。

そしてみまさか先生によるコミカライズも、フロースコミックさんで連載中です！　こちらは現在コミックス一巻が発売中。小説版にはない展開もありますので、ぜひこちらも手に取っていただけたら嬉しいです。

本当はもっといろいろ書きたいのですが、今回ページをぎりっぎりまで詰め込んだのでここまでです。あとがきだけで十六ページくらい書きたい。それはもう短編小説だろ。

それからファンレター！　大変励みになります。本当にありがとうございます！

またお会いできますことを心の底から祈りつつ。

最後までお付き合い下さり、ありがとうございました！

■ご意見、ご感想をお寄せください。
《ファンレターの宛先》
〒102-8177 東京都千代田区富士見2-13-3
株式会社KADOKAWA ビーズログ文庫編集部
シロヒ 先生・雲屋ゆきお 先生

●お問い合わせ
https://www.kadokawa.co.jp/（「お問い合わせ」へお進みください）
※内容によっては、お答えできない場合があります。
※サポートは日本国内のみとさせていただきます。
※Japanese text only

陛下、心の声がだだ漏れです！ 2

シロヒ

2021年10月15日 初版発行

発行者	青柳昌行
発行	株式会社 KADOKAWA 〒102-8177 東京都千代田区富士見 2-13-3 （ナビダイヤル） 0570-002-301
デザイン	おおの蛍（ムシカゴグラフィクス）
印刷所	凸版印刷株式会社
製本所	凸版印刷株式会社

ISBN978-4-04-736807-1 C0193

定価はカバーに表示してあります。
◇◇◇